MODERN OVERSEAS SHOPWINDOWS DESIGNS

现代国外橱窗设计

李永清　李刚　卢蜜　编著

湖南美术出版社

现代国外橱窗设计

李永清　李刚　卢蜜　编

湖南美术出版社出版·发行　(长沙市人民中路 103 号)

责任编辑:彭本人、范琳　　　　责任校对:李奇志

湖南省新华书店经销　　　　湖南省新华印刷三厂印刷

开本 889×1194 毫米　1/16　印张:8.5　字数:2 万

1998 年 6 月第 1 版　　　　1998 年 6 月第 1 次印刷

印数:1—2000 册

ISBN 7—5356—1031—5/J·954　　定价:72.00 元

目　　录

概　论

当人们旅游、工作、探亲来到一座城市，首先接触的是车站、码头或机场，它反映出该地区的经济状况、精神面貌与文化素养。这些场所的环境美化、服务质量乃至卫生状况往往影响着人们对该城市的印象。拥有一个优雅、文明的“窗口形象”，是衡量城市现代化水平的重要标准之一。

如果把车站、码头或机场等“窗口行业”，视为一座城市的眼睛，那么商店的眼睛就是橱窗。对于商家来说，橱窗展示是整个商店形象的重要组成部分，是世界各国零售商业普遍采用的一种立体广告形式。通过橱窗展示，可以为顾客在品种繁杂的商品中提供一种引导、提示、刺激的服务，加强对货物品牌的注意和认知程度，从而提高他们对这种产品的兴趣和占有的欲望。正因为橱窗展示对刺激销售具有不同寻常的作用，所以人们往往将橱窗展示艺术称之为“视觉的售货术”。设计精美的橱窗展示，还能给人们以视觉上的享受和心理上的满足。

橱窗作为一种重要的广告形式，在产品和消费之间起着良好的媒介与桥梁作用，是传达商品信息的陈列空间，它充当着消费者的顾问和向导。橱窗在作为商店形象的重要组成部分的同时，也是整个社会环境的一部分，反映城市的经济水平和文化面貌。

对于商品的生产者而言，橱窗是电视、报纸等之外的又一种广告媒介。而现代商业广告均有招徕顾客之功能，零售商店的橱窗是通过设计者的创意构思、陈列布置，使商品的性能、特点、花色、品种直接展示在具有潜在购买愿望的行人面前，以引起消费者的购买兴趣和欲望。一个创意独特、形式新颖、妙趣横生的橱窗设计，可以使原来不打算购买商品的行人因受到吸引而驻足，并由于得到橱窗内所展示的某种商品信息而萌发购买动机，从而入店完成购买行为，橱窗广告使看客变成了顾客。此外，商店的橱窗展示还可以唤起一部分消费者的记忆，他们在别的场合曾经看过其它广告媒介的宣传，对某种商品留下了初步印象，由于橱窗广告的补充性介绍，使他们又想起这种商品，于是采取了进店购买的行动。对于零售商店来说，顾客的进店率和商品的销售额是成正比的，所以，如何提高顾客的进店率，是关系到整个商场促销成败的关键。

在商品经济日益发展的今天，零售商店所经营的商品，其品种越来越丰富，花色越来越繁多。消费者在这五光十色的商品世界里，往往由于难以确认不同商品的特点和质量，而产生犹豫观望的心理，不能及时作出购买的决定。橱窗广告把一些时新商品、季节商品、名牌商品及时地、有计划地向消费者进行展示介绍，为消费者挑选自己适意的商品提供导向和方便，因而在橱窗展示中，一般总是把人们最喜爱的商品、最新推出的款式或是最能代表厂商特色的品牌重点地、突出地展示出来，帮助顾客对某些商品进行选择、判断，所以橱窗在沟通产品和消费者之间起着良好的媒介和桥梁作用。

现代橱窗设计是借助各种艺术手法和现代科学技术以实现其广告职能。国外的零售商店非常重视橱窗展示，往往想方设法把自己商店的橱窗设计布置得格外动人，与众不同，极富于创新，并运用新的科学技术、新的装饰材料以及新的表现手法，加之现代设计观念，来刺激人们的好奇心，其目的就在于招徕更多的顾客，使自己在激烈的商业竞争中取得领先的地位。

橱窗是一个特定的三维空间，橱窗广告与平面广告不同，属于立体形态的广告。橱窗中的所有形态都分布在这一空间之中，占据和变化着这一空间，并在灯光的照射下产生不同的光影效果。此外，现代的声、动装置和镜面折射还可以造成更复杂、更丰富的橱窗多维空间。

第一章　设计基础

橱窗作为现代设计的一种重要展示方式，在设计原理方面体现了与其它设计共同符合的基本美学观念。

一、造型的基本要素

（一）构成的概念

构成是一种造型活动，它是由视觉的反应与知觉的作用联系起来的一种视觉语言。而视觉语言是一切设计（包括橱窗展示设计）所追求的基础。构成是研究如何将造型的诸多要素，按照一定的原则去组织成富有美感的并有强烈视觉效果的一种方法。每一种形态都可以被分解成若干个单位，又可以将这些被分解的单位重新组合成新的形态。这种分解后而加以重新组合的程序就是构成的过程。简单地说，就是将几个以上的单元，按照一定的原则，重新组合成新的单元。在分解和组合之前，检视和探索所有的设计元素，对一个设计家来说是非常重要的。因为在设计中是以这些元素作为基石的。

在一般的视觉经验中，所有元素都互相结合，个别元素可能看起来非常抽象，但一件设计作品的形式与内容是由它们共同决定的。在设计中对形态进行分解，目的是为了寻求新的造型元素，之后的组合过程也就是构成的过程，不断地分解并且运用不同的组合手段，就可以寻找到诸多的构成形式。因此，构成的对象并不是停留在原有的形象的规范之中，而是将形象视作形态，不仅使其"量"变，并且将其"质"变。

前面已经说过，构成是一种有意识的创造形态的活动。橱窗展示，除了设计者的意识以及活动的过程之外，对象（消费者）也是这个活动所包含的要素之一，必须给顾客在视觉、触觉及心理上得到某种程度的感受，这些感受便可称之为是构成的内涵。广义的讲，任何一项有形的作品，均具有构成的意义，而狭义的说，并不是每一个创造形态的活动以及已经存在的具体作品均能表现出"构成"的内涵。

构成通常分为三大类，二维空间的平面形态设计——平面构成；三维空间的立体形态设计——立体构成；按照一定的原则对色彩进行有目的的组合设计——色彩构成。构成是一种理性与感情相结合的设计形式。它又可以完全或者几乎不再现具体的对象，而是由诸种形和色等抽象形态构成主体，在其设计与制作过程中，往往伴随着较多理智的直观探求。

构成的形式运用，特别是几何形的重复、渐次的变化过程所产生出的有规律的动感节奏，往往会使人的视觉出现新颖感、奇特感，并能产生强烈的动感与秩序的美感效果。其中突出的形式特点就是"律动"的变化。"律动"，是指视觉中有规律的动感，主要是由节奏引起的。构成中几何形周期性的连续、交叉、重叠，由此而不断形成的强弱、明暗、大小以及色彩上的变化，能够给人以可感知的、有规律的起伏和富有秩序和条理的动感现象，这种视觉效果就是律动的变化。

对于橱窗展示设计来讲，需要掌握和运用构成这一视觉造型的语言，从而去研究如何创造形象、形象与形象之间的联系以及不断地去寻求对于形象的分解、排列、组合的设计形式。

（二）构成的要素

点、线、面是构成的基本要素。我们所见到的无论是自然形态还是抽象形态，都是由点、线、面组合而成的。橱窗设计中掌握和运用好形态的基本要素是非常关键的一环。

由于点、线、面形态各异，产生的视觉效果也不相同。例如，当这三个形态单独存在时，点具有集中，线具有延伸，面具有幅度的作用等等。所以巧妙合理地将点、线、面应用在橱窗展示设计中，能表现出很多不同的感觉与视觉效果。

1. 点　一般用来表示位置。在几何学上点是没有面积的，它既无长度，也没有宽度。但是构成中的点却与面积有很大的关系。如一个圆点，若把它放大之后，视觉上会把它看成是一个圆形的面；一个正方形或者一个不规则的形，在人们通常的意识中，属于面的一种，但如果将其缩小，视觉上又具备了点的形态。所以点的判别，除了依据视觉来体验之外，与其它的造型要素互相比较也可以判别出来，而与它的形状完全没有关系。但在造型设计中，点如果没有形，便无法作视觉上的表现。因而必须具有大小的要素，当然也必须具有面积、具有形态，因为它也是多因素的、各种各样形态的构成。面积越小的点，视觉效果越强烈，越大则越有面的感觉，点的效果就会随之减弱。从点与形的关系上看，以圆点最为强烈，即使较大，通常情况下仍会给人以点的感觉。但是，点如果太小，不但难以辨认，其存在的价值也会随之减弱。其它形状的点如正方形、三角形、长方形、多边形和其它不规则形态，只要同周围的形态面积相比较是较小的形，即使它不是圆的，也具有点的感觉。

点在自然形态中的客观存在，构成了点与点之间及点与其所处空间之间的联系，点的特点是单纯、宁静、稳定，视觉上能给人一种富有积聚性的心理作用。在橱窗设计中常利用点来吸引和集中人们的视线。

画面上出现一个点的时候，它是静止的；出现两个点的时候，则具有视觉的联系，而产生出一种“线”的效果。这种“线”并非直觉的产物，而是一种视觉心理的反应。点的不同排列及多种秩序，随同点所在的空间位置不同，也会形成一些可感知的线。由于点的向心性，就构成了不同距离的点之间可感知的内在联系。如果仅仅是一个单独的点，其本身并没有上、下、左、右的连接性和指向性，但有向心的属性，因此，在平面上只有一个点时，人们的视线就会集中到这个点上。若把大小不同的两点排列在一起的时候，又会产生不同的视觉动向，大的点容易引起视觉的注意，大小点渐次排列具有强弱远近的空间感，视线会逐渐由大的点移向小的点，最后集中到小点上，点愈小积聚力越强。

丝网版画就是利用点的疏密组合，产生出浓淡、深浅的视觉效果。其原因是由于点的组合状态使其失去了原来的性质，从而产生出线和面的感觉，我们在设计中可利用点的组合作为构成的要素。

点在设计中的位置需仔细经营，所谓“画龙点睛”即是指点的重要性。一个点、一条线或者一个面，也许它们的存在是没有意义的，但位置可以赋予它们情感和生命。例如点在画面的中央，具有集中、静止、安定的感觉；点在画面边缘，会出现倾斜和运动的效果等等。

2. 线　几何学上的线只有长度和方向而没有粗细。视觉艺术中，凡具有长度的形态，我们都会把它作为线来理解，线和点一样，其判别也是经由人们视觉上的体验以及造型要素间的互相比较得来的。视觉中的线是一个细长的形态，所谓细是与面比较而言的；所谓长是与点比较而言的。因此可以说线是点的移动轨迹，这种轨迹可分为心理的及实际的两种。例如当两个点存在的时候，由于视觉动向的关系，我们会在心理上感觉到在这两点之间有一条“无形的线”，而当我们用工具将两点相连时，就会产生一条实际上的“有形的线”。

线的长度可以理解为是由点的移动量的多少而确定的。线的长度缩小，或把一条线截成数段时，则具有点的效果。

线具有多种形态特征，构成这些形态特征主要依靠线的运动，不同形态的线，产生的视觉感受是各不相同的。我们可以将线与点的形态作个比较，点通常只有大小及形状，而线除了具有长度、宽度及形状之外，还有水平线、垂直线、斜线、几何曲线、自由曲线等等，可谓形式多样。

直线在造型表现中具有明确、简洁、锐利的特性；曲线的形态则与直线完全相反，具有柔软、丰满、优雅及律动的特点。水平线、垂直线、斜线虽然均属直线的形态，给人以速度和力度的感觉，但又有各自不同的性格特征。

水平线能够产生稳定、无限和深远的感觉，是一种永恒的状态。水平线两端的无限延伸，又会增加广阔、深远的心理感应。

垂直线具备纪念碑式的形态，给人以崇敬、庄重的感情特征。

斜线会产生非平衡、不安定和惊险的感觉，但它的运动性和方向性很强，是介于水平线与垂直线之间的一种线的形态。

曲线是一种受外界压力支配而发生变异的一种线形。可分为几何曲线和自由曲线两种：

几何曲线具有工整、精确的和谐美，具备现代感的审美意味，它主要依据几何学的限定完成。

自由曲线的形态富于个性，追求变化、节奏和韵律感。

与点一样，线的密集组合也会形成面的视觉感受。线的渐变可以产生强弱、远近的感觉。

由于线的种类很多，如果交替应用互相组合，其造型变化是非常丰富的。既可以构成线的空间性、方向性，还可以产生线的节奏性和律动性。作为造型要素的线，它们抽象的形态存在于自然物象之中，日常生活中线的应用也非常广泛，如建筑的外形、田径场的跑道、家中的百叶窗、吊顶的角线等等，都是线在形态构成中的表象与形式。对于线的形态属性的认识，目的是为了掌握一种构成语言，以便在设计中精确地应用。

3. 面　面被称为是线移动的轨迹。依据几何学的解释，线的移动便成为面，但不规则形状的面就很难说是线的移动了。因此和点、线一样，造型上对面的理解不能完全以几何学的定义来界定。构成中的面，指二次元空间构成的形，是一种比点的面积大、比线短而宽的形。

面的形成可以是点的密集，也可以是由直线的移动所构成的平面形。直线平行移动可形成方形的面；直线回轨移动，就形成圆形的面；直线倾斜，呈半圆形左右移动，就形成菱形、扇形等诸种面。例如，当我们用一条线画圆圈，这个圆从视觉感受上属于面，但若以此圆形的中心为基点，再画数个同心圆之后，面的感觉就会消失，每一个同心圆会变成线的感觉。再如把一个由点密集而形成的面进行分解，也不会有面的效果，因此点、线、面之间具有互通的机能，点、线、面是构成体的视觉元素，点、线也是构成面的视觉元素。

面与“形”具有紧密关系，画一个等边长的方形，我们通常称为“正方形”，而不会说是“正方面”，此时这个正方形在人们的意识中通常只是形的印象。如果在里面涂上黑色，面的意识就会增强。所以说，在构成中形的意识在前，面的意识在后，两者之间存在着相互往返的意识动向。

点、线的积聚与移动，可构成不同形态的面。例如线的移动、直线的移动所产生的方形、长方形、三角形或者圆形以及其它平面形，均构成了不同的面。任何形态的面，都可以通过分割而获得新的形态的面。

面作为视觉中的构成元素，其形态构成主要有几何形和非几何形两种：

由直线或几何曲线形成的面，或由直线和几何曲线的连接组合形成的面，均属几何形的面。通常情况下，几何形的面具有单纯、明快的感觉，如果组合过于复杂，则容易减弱甚至丧失这些特征。

非几何形的面，又可分为有机形的面及偶然形的面两种。如花瓣、树叶等在自然界中存在的被称为有机形。而偶然形是用特殊的手法获得的，例如将颜料倒在纸上形成的图形便称偶然形，由于偶然形具有意外的效果，所以又称意外的图形。一般来说，非几何形的面，不规则且富有感情，不像几何形的面机械而冷漠。

整体感是面的形态最主要的视觉特征。它具有自身独立的意义，如果把点、线、面作为进行现代橱窗展示设计的构成元素来研究和应用，就可以开拓与形成一种新的视觉观念、造型观念。在橱窗展示设计中，对于面的组织，要保持其形态的秩序性、精确性与和谐性，充分利用面的幅度和形状，注意计算面的比例、方向、前后、大小和虚实等因素。因为面的大、小、虚、实都会给人以不同的视觉感受：大的面具有扩张感；小的面具有内聚感；实的面往往量感大、力度强，被称为积极的面、定形的画；虚的面通常带有轻松的感受，大多用来衬托实的面，所以虚的面又被称为无定形的面和消极的面。无论实的面或虚的面，都是在同一画面空间相互依存的不可分割的两种形态。一个成功的橱窗展示设计，画面空间中面的大与小，虚与实，都是有机的相互并存，同时能达到形与形之间整体的和谐，也就是面的和谐。

二、形式美的规律

橱窗是由空间结构组成的，无论是排列还是组合，都有一定的规律。首先要强调客观物象中不同形态的特点，以直觉为基础，通过人的感性去观察、去体验、去联想，并对物象素材进行组织、排列，着重反映客观物象中所具有的运动的自律性，即有规律、有节奏的律动变化，从而表现其丰富的、统一的运动规律形式。这里所说的规律形式，是指构成中组合方式的一般规律。

（一）和谐

“和谐就是美”，和谐被认为是美的基本特征，也是构成的最高形式。如果具有强烈性格特征的两种构成元素同时存在时，便会产生对比现象，若两者间能达成一致，并且相互依存，即能达到和谐的状态。比如黑和白会产生对比，而介于黑白之间的灰便能起到一种调和两者之间关系的作用，使两种不协调的构成元素协调一致，变对立为统一。

和谐在造型上具有秩序性、统一性和完整性的意思，它通常和比例、律动、平衡等形式原理具有密切的关系。只有构成要素之间的比例协调才能达到和谐，而当构成的要素过于相似时，便产生了反复从而形成律动。而平衡也与和谐在某些层面上具有共性，比如正常的平衡可以看作是一种和谐，和谐不仅是相似、相同、相近的元素组合，也包含着对立因素的统一。由于对立因素含量的多与少不可能相同，统一就不会是一种模式，而是多层次的、多样式的。因此和谐的表现形式也是极为丰富的。

在橱窗设计中除了形的和谐，色彩的和谐也是非常重要的。例如我们常常追求调和色的应用，为了达到色彩的和谐，要素间的统一性是必要的。明度、纯度、色相及色调的调配等等均可以达到和谐的效果。另外，质感也是构成和谐的要素之一，比例以不同的形状和色彩组成画面，可用相同或相似的材质获取和谐的效果。

（二）统一

统一就是把构成要素作为一个整体来组织。统一性与多样性是两个对立面，在完整的橱窗设计中，它们总是共存的。多样性就是不一致，从微小的差异到完全相悖，都可以理解为多样性。例如，圆是最单纯也是最统一的基本几何形，可以看成是一个构成系统，几乎很难看出它内部有什么差异。但是圆周上的每一个点都在有规律地运动，两个点之间有位置差异，而且每个点的运动方向也不同。由此可见，统一的一致性是相对而言的，没有什么事物没有多样性，也没有什么事物是完全一样的。基于这样的认识，人类在创造美的活动中，总是在尽可能多样中寻找统一。使单调的丰富起来，使复杂的一致起来，在多样性与统一性这个永不平衡的天平上反复称量，使这个天平不致完全倒向一方。

如果有好几种形状不同、大小各异的物象混杂在一起，便会产生杂乱无章的感觉，这是因为这些构成元素缺少一个统一性，若把它们之间差异的对比度降到低限度，也就是形状与大小相近、相似，就可以减低杂乱感，使构成的整体有一致性。若把这些形状不同、大小各异的构成元素做有规律的排列，整体的构成会产生一种秩序美，其构成的方法能得到统一。构成统一的要素很多，然而过分的统一也会产生负效果，在橱窗中如果把形状、大小和色彩等完全相同的物体做等距离的组合排列，便会出现单调的感觉。因此，设计中的统一是相对的，它与适度的变化有密切的关系。

（三）对比

对比是一种比较自由的构成形式，生活中有许多视觉元素都存在着对比关系，例如多少、大小、粗细、长短、虚实、疏密等等。

对比是针对和谐、统一而言。它以相悖、相异的因素组合排列，但在设计中各因素间的对立应达到可以接纳的限度之内。对比的因素很多，形态方面有点与线、线与面、面与体；空间方面有位置的前后、上下、左右；色彩方面有冷与暖、纯与灰、明与暗；数量方面有大与小、多与少；肌理方面有平滑与粗糙等等。每一种对比形式，都有程度上的差异。差别大的对比强，差别小的对比弱。在设计中对比所产生的各种变化，可以取得生动、醒目、突出、强烈以及富有节奏、律动、秩序等等多种美感形式中的视觉效果。

由于对比是把原来的特性显得更为突出，或是更为强烈。因此，往往会产生错觉，错觉在造型上或色彩上均会产生。色彩方面的对比，如冷暖对比、明度对比、纯度对比等等将在下面的章节中讲述。

一个橱窗的形象如果千篇一律而缺少变化，就会感到乏味而单调。但变化太大，对比过分强烈，会产生各种形态之间相互争持、主次不分的情况，破坏了画面的秩序和美感，所以在应用对比构成时，既要主题突出、主次分明，还要注意变化的过渡，使画面中显现的形与形之间保持相互呼应的关系。例如，我们在橱窗设计中可以看出点的节奏序列、线的节奏序列以及局部面的节奏序列。在这诸多点、线、面不同形态的组合过程中，通过点的大小、线的动静和面的虚实等因素来表现画面整体构成中的空间、显晦、主次和方向等形态关系变化中的秩序性、呼应性，力求获得多元变化中的统一性，也就是达到对比构成中的和谐性。

强调形态之间彼此相异因素的对照，是对比构成形式美感的重要法则。橱窗设计中合理应用对比形式，能够创造出生动的、充满活力的视觉效果。

（四）律动

律动与音乐在原理上有许多相通之处。凡是规则的或不规则的反复及交替，或是属于周期性的现象，都可以产生律动。设计中的律动往往与节奏同时出现。节奏是指一定单位的有规律的重复或形体运动的分节。设计的律动是建立在重复基础上的空间连续的分段运动，并由此表现出形体运动的规律性。有人认为律动是美的基本形式，说明律动在形式美中的重要性。

在设计中如果从形式规律的角度来描述，可以分成重复律动和渐变律动两种。

重复律动，指相同形态的重复出现。其中又包含着周期性的意义，它往往是等距排列形成，无论是向两个方向、四个方向延伸还是自我循环，都是最简单也是最基本的节律，是一种统一的简单重复，像音乐的节拍一样，有较短的周期特征。也就是说，同一形状重复出现的间隙是短时间的，它的典型形式是散点二方连续。例如，点、线的排列为大小、粗细、间隔的周期性变化等等。在设计中由于构成要素或构成的方法不同，会产生不同的视觉效果，如相同大小的点作等距离的重复排列时，便出现单调的感觉，然而不规则且毫无章法的重复排列也会产生混乱且无秩序的感觉，所以适度的变化及重复是必要的。

渐变律动仍然离不开重复，但每一个单位包含着逐渐变化的因素，从而淡化了分节现象，有较长时间的周期性特征。渐变律动的形式特点能够给人以富有节奏的自然性美感。渐变形式在日常生活中常常见到，由于透视的原理，物象往往近大远小。

渐变律动的规律性很强，例如形状渐大渐小、位置渐高渐低、色彩渐明渐暗以及距离渐近渐远，这一系列表现形式在视觉上会产生柔和的、界限模糊的节律，组织为有序的变化。虽然这种变化是渐次发生的，但强端和弱端的差异仍可能很明显，而且高潮迭起，是流畅而有规律、类似滑翔的运动形式。因为渐变律动将复杂的形态进行简约，还原为最基本的几何形态和标准化的色彩，所以渐变律动在橱窗设计中运用得较为典型。

律动形式既有内在秩序，又富有多样性变化，是一种复合体，是重复律动和渐变律动的自由交替，它的规律往往隐藏在内部，表面现象只是一种自由的表现，因此我们在设计中力求从多方位去理解与认识。

（五）对称

左右或者上下相等的图形就是对称。如果在一个正方形的中间画一条线，便会出现两个对称的长方形了。日常生活中，存在着很多对称的现象，例如我们的身体，便是一个对称的形式，其它如一些植物的叶子，蝴蝶、昆虫的翅膀等等。当一个图形两边的分量相同时，也就是视觉上的重量、体量完全相等时，必然出现两边形状、色彩等要素完全相同的情况，也就形成了具有规则性的左右对称。

对称的特点是稳定、端庄，有一种静态的安定感。缺点是容易流于单调、呆板，缺少活泼的效果。橱窗设计中很少搞绝对的对称形式，否则过于严肃，影响橱窗的视觉效果和艺术效果。进行适度的变化是必要的，如角度、方向的变化或在商品陈列中运用位置来进行调节等，以增加橱窗的艺术感染力。

（六）均衡

均衡是设计中的基本构图形式，也是橱窗设计中应用最为广泛的一种形式。两种以上的构成要素，如点、线、面、体等，互相配置而达到视觉相等，就可以称之为均衡。它与对称在视觉原理方面是相通的，但对称一般属于相对静态的形式，而均衡却不像左右对称那样作定量等分的设计。

均衡的原理类似于天平杠杆平衡，左右对称由于等量等形，能达到既对称又平衡的状态，这种状态称之为静态均衡，或称正常均衡。如果中心支点两边分量仅仅是相近而不相同，特别是支点已不在正中时，必然偏向一侧，方能达到均衡的状态，被称之为动态平衡，也称非正常均衡。当人们面对动态均衡的时候，心理上为了寻求平衡的状态，无形的支点便会在人们的视觉上移动至适当的位置，这样的一个过程，会引起人们心理上的微妙变化，产生动的、不安定的视觉效果。例如在橱窗边缘的一个小点，能够对靠近画面中央的主要图形起到均衡的作用，这就是视觉上的杠杆作用。

均衡本来是指力学上与重量发生的关系，而橱窗设计中的均衡，是指形状、色彩、质感等等视觉上的均衡状态，也就是说形状、色彩、质感等等会产生不同的重量感，从而形成不同的均衡效果。在橱窗设计中，均衡形式的应用，可以通过加强画面中的支点来协调两侧不等的量，以达到动态均衡，线的方向性应用也是均衡构成形式的主要方法之一。我们知道垂直和水平的线是最稳定的结构，在设计中较强的垂直水平趋势或垂直水平线，能使十分强烈的动势得到稳定。而一个放射线的图形，其线的方向集中处可以产生重量感。橱窗展示属于立体设计，均衡的处理比较复杂，有时要把对称和平衡结合起来应用，因为立体的形态需要从各个方面去观照，在一个侧面对称的形，在另一个侧面就不一定了。

（七）比例

比例通常指画面整体的尺度把握是否恰当，是整体与局部、局部与局部之间关系的分割。自古以来，一直被使用在建筑、家具、绘画和工艺上，特别是古代希腊、罗马的建筑，比例被认为是一种美的表现。它和数有密切的关系，例如橱窗设计中各个线段的长度以及面的分割，都与一个基本数字有关系。

比例当中，被谈论得最多的是黄金比例，也称黄金分割。如果用数字来表示的话，其边长比为1:1.618，这一准确的黄金矩形比例在欧洲文艺复兴的艺术以及建筑中得到较多的应用。目前我们经常使用或看到的如信纸、信封、明信片、邮票、国旗、名片等等，其长宽之比与黄金比例非常接近。

比例有时候也有规律性，好像是造物主创造的秩序一般。在黄金矩形中，若以短边的长来分割成一个正方形，再以此边长为半径，画一条弧线，依照这种方法逐一实施下去，即可形成一条优美的涡线，这条涡线被认为是黄金涡线。

比例的分割在橱窗设计中的应用是非常灵活的，比例的倍数大小或单位相互间的数量关系，可以依据需要或美的感受自由决定。利用比例完成的构图具有秩序感，给人一种明朗、清新的特别感觉，线条的粗细，物品和衬底的面积都会因为适当的比例关系而得到美感。此外，形式感也要求对设计的各部分比例加以慎重的权衡和考虑，它多取决于感觉和经验。同一形状在不同比例的情况下，不仅改变了大小，而且会改变性质，甚至对各部分在形式上所发生的作用，也有重大影响。例如把点进行“大比例”的放大，使人们熟知的“点”以“面”的形态出现在橱窗的某个部位，不仅改变了构成元素的概论，在视觉上也具有强烈的冲击力。对比会影响比例感，使大的更大，小的更小。恰当利用这一原理，可以丰富比例的运用。

比例在造型设计中，往往是最普遍却又最难领悟的问题，由于各人悟性的不同，对比例的掌握程度也各有差异。如果在平时能注意观察和处理比例的关系，就能灵活地应用到实用设计上，例如文字设计中字体间的笔画与字体大小的比例关系，橱窗设计中图形与背景的比例分配关系等等，都是决定一件作品成败的关键。

虽然美的比例和悦目的比例，一直在建筑、雕塑和绘画等领域被广泛使用，但在橱窗设计中有时候为了得到某种视觉上的特殊效果而达到宣传的目的，反而会刻意打破正常的比例关系，不以黄金比例为准则而是以怪异的分割作为表现的主要手法。

以上谈了7个通用的形式美规律，它们之间都存在着密切的联系，例如对称可以达到均衡，均衡又可以得到和谐，有秩序的比例构成了律动，匀称的比例也可以产生和谐，而悬殊的比例又造成了对比等等。总之，合理地掌握和灵活地应用形式规律是橱窗设计艺术的关键。

三、视觉传达效果

上一节讲了几种能在平面的构成中达到美感的形式或规则，主要是二维空间的视觉效果。而对于三维空间甚至四维空间的橱窗设计而言，它的视觉效果与一般平面上的视觉效果有较大的区别。

如果在平面的纸上绘出一幅自然的景物，作为观赏者来说，会产生三维空间的视觉效果，这原本是一个幻觉，但这种幻觉却有助于观赏者根据以前的视觉经验，在大脑里进行组织调整，促成自己的想象力，因而形成所谓欣赏行为，而得到某种特殊的感受。这种视觉效果的发生，属于一种正常的现象。对于设计特别是橱窗设计，是一个运用综合方法的立体形态，发布的信息靠视觉语言来传达，所以不仅要把握平面，更要重视对三维空间和四维空间（运动感）的理解，它是现代橱窗设计中的重要因素。

我们知道，由于线的粗细不同，直线、曲线、斜线的组合排列不等，都能产生各种不同的视觉效果。在设计中，由于“比例”的变化，以及“对比”、“律动”等等构成形式的应用，也能引出很多不可思议的附加视觉效果。充分利用这些因素，达到橱窗所要表达的信息，是设计者应该掌握的基本方法。当然，不能滥用各种特殊的视觉效果，而忽视橱窗的整体造型，否则会使作品流于无序，出现零乱的现象，削弱了美感及所要传达的信息。

（一）立体感

立体是实际占有的空间实体。具有长度、宽度及高度的形态，都称为立体。把这些立体的形态，利用各种技法表现于平面的画面上时，我们就称之为“立体感”。例如在进行石膏像素描练习时，除了要求比例、轮廓的准确之外，还要达到较强的立体感，而表现的方法主要是通过明暗关系的处理。在构成中，立体构成要比平面构成复杂得多，因为平面构成仅有一个真实的表面，而立体构成则有许多真实的表面。平面构成只有一个正确的视点，立体构成则有正面、背面、左面、右面、上面、下面及任何角度所产生的不同视点，既有不同的视觉效果，也能得到不同的触觉感受，从每一个视点呈现出来的形象，通常都会有不同的效果。

如何利用几何图形和色彩原理来表现立体感效果，是设计者必须掌握的方法。不论是哪种形态的立体感，只要合理、灵活地运用构成的三要素——点、线、面以及色彩的三属性——色相、纯度、明度等等，其表现的空间就会非常广阔。

设计不但需要利用上面所讲的方法来实现立体效果，也需要在距离和深度上制造悬念，而常用的方法是透视。

表现透视必须使用直线，直线透视中，近大远小是基本规律，如实地表现，深度感和立体感就十分强烈。人类在艺术实践中，对直线透视的理解是不同的，早期属于直觉阶段，在相当多的古代艺术作品中，表现立体关系的手法是直接而稚拙的。文艺复兴以后，科学化透视学的建立，对于人眼所知觉的三维立体，有了准确的表现手段。一些现代派艺术视司空见惯的透视法为束缚视觉思维的框框，立体主义画派的笔祖毕加索打破了这种沉寂，在他的作品中，将人们的视觉思维又带到了原始野性的世界，其方法是从不同的视点去观察物象，同时描绘一个物象的几个方面，这种观点和方法强烈地波及到设计领域，特别是在广告画中被大量地使用。

在透视中斜线的使用会产生强烈的立体感；水平线和垂直线合理地利用线的粗细、长短及间隔的疏密等，同样可以表现立体感的效果；而曲线、折线则更适于表现半立体的浮雕效果。由于线的种类很多，表现的范围非常广阔。如果利用点的大小及点与点之间的疏密关系，也可以产生立体感。而以面表现立体感的方法，较之点、线更为丰富，也容易掌握。

（二）空间感

空间感，就是具有高、宽、深的三维立体空间，对于物象而言，立体也就是在空间中实际占据的位置，从任何角度都可以观看，这种空间形态也称物理空间。

空间感和立体感具有某些共性，因为立体的存在，便意味着空间的存在，因此，在表现立体感的时候，同时也具有空间的效果，所不同的是立体感通常只注重个体的立体效果，而空间感则以多数的个体来表现深度效果。

前后的距离关系是产生空间感的首要条件。当构成的要素——点、线、面由于本身的特性，以及构成和组合的方法，使得各要素之间产生了具有距离的前后关系时，便会造成空间的感觉。利用前后距离关系来表现空间感的方法很多，而重叠又往往是在画面上不可避免的现象。因此，如何在重叠中去表现空间感，也成为我们探讨的课题。当重叠发生时，我们可以感受到完整的图形在前，而部分被遮住也就是不完整的在后，有时，上下交织的层次错综复杂，但一般还是可以辨明前后上下关系的。当线重叠时，线的粗细也能表现出空间感，视觉上往往是粗线在前，细线在后。根据近大远小的原理，点的构成组合也能较为容易地表现出空间感。其他还有利用色彩的冷暖关系产生的前后的视觉效果等。

我们在前面谈到透视与表现立体感具有密切的关系，事实上，透视本身就是空间的另一种解释，其他与透视的形态有相似的如放射状及漩涡状等等，均为表现空间感的形式之一。

充分认识空间的特征，对于橱窗空间的设计成功有着十分重要的意义。如果缺乏对橱窗空间的准确把握或缺乏想象力，就很难胜任橱窗设计。

（三）透明感

通常情况下橱窗都是透明的，具有透明感的物体，容易使人联想到玻璃、塑料薄膜、纱、网、水等等，这些具有透明性的物体，必须相互重叠或与其它物体重叠时，才能显现出其透明性，也就是说透明性必须以透明物体背后的物体来衬托。例如当透明物体为玻璃时，透过这面玻璃可以看到后面的物体、色彩或图形。

由于材料、质地和加工方法的关系，产生的透明性有所不同。透明的玻璃通过打磨、喷砂会形成半透明的毛玻璃，观看毛玻璃后面的物体、色彩及图形，是另外一种特殊的效果，而如何掌握和处理这些程度不同、变化各异的透明效果，则是设计中需要解决的问题。

前面讲过，立体的存在便占有了空间，于是立体感和空间感往往同时被表现在一件作品中。而透明感和空间感也因为具有共同存在的条件，所以也能在具有透明感的作品中体会到空间的存在。构成要素的前后距离关系，便是这个共同存在的条件，因为透明感的产生，必须具备两个前后重叠的构成要素，但又不能因为重叠而使后面的物体形态隐而不现，这便是透明感表现上的要点。

通过对点、线、面的组合变化，可以达到透明的效果。例如用细小的网点组合成不同的图形，图形与图形交错的地方就会产生透明感，从前后的关系看，这种透明感有两种重叠方法：一种是点与点之间没有间隔，紧密相连；再一种是点与点之间存在间隔，是一种疏松的交错。这两种不同的重叠方法，视觉上的透明效果，即透明度也不相同。另外，还可以用色彩来表现有色玻璃纸的透明度和重叠效果，一块平涂的红色和一块平涂的黄色，其重叠的部位，将红、黄两色混调产生橙色，这橙色便会有明显的透明感。

（四）运动感

从古典装饰对具象形的偏爱，到现代设计对几何形的崇尚，尽管表现形式很不相同，但运动感始终是有机活力的象征，所以历来受到重视。

通常情况下，各种图形和形体都有运动感，然而强弱差异很大。容易使人与运动发生联想的有赛跑、赛车、跳高、跳远、汽车、飞机等等，把物体的运动现象记录在平面上显然是表现运动感的方法之一。例如把田径比赛中的运动员，通过照像机进行记录，由于运动员的移动造成影像的模糊，因而产生了一种运动感。

律动和运动感有一定的共性，它们之间的差异主要是，律动是有节奏感的运动，也可以说是一种周期性的反复或渐增现象。而这种现象可以在运动的过程中表现出来，所以律动是借助运动而产生的，而普通的运动感并不包含所有律动。除了律动的反复和渐变可以表现运动感之外，曲线、放射线、漩涡线等也能表现运动感。如何根据设计的需要来产生动与不动的效果，关键看张力是否具有明显的倾向性。

我们知道，水平和垂直的形状有稳定感，水平和垂直是人们平衡感觉的方向定位。但是，当垂直定向明显增强，直线上升，那么，向上运动的张力就会显露出来。比例上明显伸长的直立矩形、三角形等形状，有较强的向上运动的张力，从圆分离出来的曲线增加了内部的不平衡性，表现出较强的运动感。例如，使用砂轮机磨擦产生的火花等，越接近圆心的曲线，运动速度越高越激烈，越接近圆周的曲线，运动速度越缓慢。曲线既可作蜿蜒的流动，也能表现激烈的爆发式的运动。

设计时在构图中强调对角线，就能形成与边框的强烈对比，产生动感。此外，人与动物等的肢体偏离稳定的正常空间位置，处在不平衡状态，也会产生动感。

利用构成要素本身的特性及构成方法所表现的运动感，会有轻重缓急程度上的不同，当运动的感觉达到一定程度时，会使人们感受到速度的状态，产生强烈的运动感。

四、错视原理

错视又称错视觉，是一种错觉的现象，即对客观事物不正确的视知觉。人们在感知客观事物的时候，往往会产生出各种各样的错视感觉。

错视的产生有三种因素。第一是由外界刺激所引起的物理错视，这类错视现象在日常生活中会遇到很多。例如在夜晚行走时看月亮，会觉得月亮跟着人们一起走；坐在开动的火车内，会看到窗外远处的山或树也跟着火车一起跑；又如坐在停靠在站台上的火车里面，旁边的火车开动时，常常会误以为是自己的车子在往前开等等。第二是由知觉中枢所引起的心理错视。这种心理上所引起的错视通常与我们日常生活中的各种经验有关联，从而造成错误的判断。例如当看到冒烟的物体时，通常会认为很热，其实冰块也会冒烟，而有些东西虽然很烫却并不冒烟。此外还会因地域或民族的相异而在心理上产生不同的错视。第三是由感觉器官所引起的生理错视。这里所谓的感觉器官，是指人们的眼球，眼球是引起诸多错视现象中最直接的因素，如果没有眼球看的功能，错视便不会产生。这里所讲的因眼球造成的错视，并不包括前两种，而是单指眼球本身的结构所引起的错视而言，例如因眼球疾病、近视、远视等均会导致错误地去认识事物。又由于两只眼球之间有一定的距离，也会使人们在看某个物体时不够清楚，所以在射击时，通常是睁一只眼闭一只眼来瞄准，以提高命中率。有些图形，用一只眼看和用两只眼看，效果是不同的，即视觉在判断与观察的形态时与现实的特征中所具有矛盾的错觉经验。

错觉和幻觉不同，幻觉是在没有外界刺激的情况下，由人体内部的原因，特别是大脑的不正常状态所产生的一种虚幻的知觉，它所“知觉”的是客观不存在的东西；而错觉则必须有客观存在的对象。

设计中的错视觉，应该限制在对客观事物不正确的感知的范围内。设计中产生错视的原因很多，例如形的方向、位置、角度、大小、明暗等等的对比现象都会引起错视。在第二节中讲到的对比是把相对的两个要素相比较，产生强弱分明的现象，因此，具有相同大小或明暗条件的两个要素，如果其中之一具有对比的状况，就必定较另一方没有对比状况的感觉更强或更弱，此时便产生了错视。上一节讲的立体感、运动感等等，是把二维的构成看成三维或四维的效果，可以说这也是一种错视现象。

这里主要谈与设计密切相关的图形错视和色彩错视。

（一）图形错视

图形错视是一种视觉规律，在一定条件下非发生不可。产生图形错视的原因，主要有以下几种：

由位置引起的。例如把一个长方形做三等分的水平分割，位于中间的部分由于受到上下挤压的影响，会产生窄的感觉。又如上下两个同样大小的圆形，会发生上面大下面小的现象等等。

由方向引起的。因方向不同，具有相同粗细及长短的直线，会产生水平线粗于垂直线的错视现象，而由斜线引起的错视现象就更多了。

由角度引起的。角度与方向相关，因为角度的产生是由两条不同方向的直线造成的。当然也有纯粹因为角度的大小及角度的位置造成的错视现象。

由对比引起的。因对比产生的错视在设计中经常会碰到。例如，两个同样大小的正方形，一个周围画上很多小于它的正方形，另一个周围画上大于它的正方形，其效果是不同的。无论是长度、距离，或是角度、色彩都能利用对比的手法造成错视的现象。

由透视或放射线引起的。如果以火车轨道为例，画一个灭点的两条透视线，然后在中间加两条长度相同的水平线，我们会发现由于透视线的影响，使长度相同的两条水平线产生了上长下短的错视感觉。

由分割引起的。长度相同的线条，经过细分后，它的长度感觉会大于没有细分的线条。例如一个正方形会因为分割的方向不同，而造成不等的错视，水平线分割会产生横线窄纵线宽的感觉，垂直线分割会产生横线宽纵线窄的感觉。

（二）色彩错视

色彩的对比能产生极强的错视，发生的范围也很广泛，色彩错视是因为不同色彩的对比而影响了视觉的准确性。明度对比能造成面积错视，例如用黑白两色表现面积相等的图形，白色有膨胀感，黑色则有收缩感，相同面积看上去会产生大小不一的感觉。色彩中的补色对比，会使它们各自的色相特征趋向鲜明艳丽，冷色和暖色的对比情况也相类似。

设计中以点、线的混合并置也可以产生第三种或更多色相的错觉。例如电脑彩色打印，是由红、黄、蓝、黑四种色点混合组合成，如果不是近距离，视觉对这些细微的色点很难加以分辨，在一定距离条件下而混合成各种不同的色彩，这效果被称为色彩的“空间错视”。

关于色彩的理论将在橱窗设计中的色彩应用一章中作详细的解释，这里只作简单的说明。

以上诸种错视规律和原理，在橱窗设计中会经常遇到，灵活合理地运用错视，能够增强设计的表现力，加深人们的印象。

第二章　橱窗设计

一、橱窗的构造

橱窗的构造因建筑主体、商店规模及经营品种的差异而有所不同。设计前应对橱窗的构造，诸如结构、形状、样式、比例等有清楚的了解，然后进行创意。

橱窗的构造可分为以下几种：

（一）封闭式

是一种比较普遍的构造形式，橱窗的外面装有较厚的透明玻璃，后背多采用板材封闭，与购物环境隔离，橱窗的后背留有大小适宜的出入口，以便设计布置商品和道具。封闭式橱窗就像一个小型舞台，是较为理想的商品陈列空间，设计者可以充分利用后背这一墙面来绘制图景、挂吊商品，营造出理想的烘托气氛。设计布置上，注重正面构图和上下前后的关系，以及道具、灯光等与商品的结合。由于橱窗内的物品与外界隔离，对商品安全及防尘清洁工作均有相应的保证。是最传统，最常见，被众多商店采用的橱窗形式。

（二）透明式

橱窗背面没有背板或隔墙，而是装有透明玻璃。目前新建的或经过改建的商店有很多一部分采用此种橱窗形式。这种橱窗的特点是具有双面透明的空间，既可以从店外观赏，也可以在购物时从店内欣赏，充分发挥两面的展示作用。店内能够得到自然采光，从而减少室内照明用灯，节约电力。消费者还能从外部观看到商店内的经营环境和面貌。透明式橱窗给人以比较宽敞的空间效果，可以陈列较大的商品，突出商品的全貌。由于没有背板衬景，对商品以及道具的陈列位置要求更高。主次要分清，层次要分明，既突出商品传达的信息，也力求橱窗设计艺术的完整。

（三）半透明式

介于封闭式和透明式之间的一种橱窗形式，后背上部为玻璃，下部为背板或隔墙，或左右一部分封闭，一部分敞开透明，商品陈列主要在临街玻璃一边，店内店外均可以看到商品，能增加店内的自然采光，有利于商品的背衬烘托。但在设计时应充分考虑到背部玻璃与隔板的比例关系，构图力求完整，掌握好橱窗的整体效果。半透明式和透明式橱窗有一个共同的问题需要注意，即商品的货架不能安置在靠近橱窗的地方，否则既影响自然采光，也遮挡了外部的视线，失去透明效果。

二、构思创意

构思创意是橱窗设计的关键，正确的思路，新颖的立意，独特的个性，合乎时代潮流的观念与娴熟的艺术手法是优秀橱窗必备的条件。成功的橱窗设计与展示，其实质就是一个广告的科学策划与发布。因此，橱窗的广告功能是设计者在构思时首先要考虑的。

广告功能突出的橱窗，设计构思和商品展示都有明确的主题定位，应选取商品的个性内涵、使用功能、消费对象等某一方面的有关情节，经过筛选梳理，确立定位内容，然后根据定位要求进行创意设计。这样设计出来的橱窗更能显示出商品的功能特性，准确地表现出商品所要传达的服务信息。

商业橱窗都有明确的主题倾向，也就是设计的取位定向，设计者必须全面了解商品的个性内涵与消费目标，了解商品推出的季节与环境，了解厂家与商家的企业形象，以便确定橱窗设计的方向和大致面貌。而所有这些又能激发设计者的创作灵感。定位越准确，就越能设计出风格独特、感染力强的橱窗，并与同类商品的橱窗在构思创意方面拉开距离。

商品的个性内涵不同，设计的定位也不同。商品的个性内涵包括商品的原料、成分、产地、生产工艺、使用功能、外观造型与色彩、商品包装与商标图形、品牌知名度以及商品的高、中、低档次等等。

橱窗设计还应根据商品的销售对象的不同，采取不同的表现手法。在设计中既要考虑年龄层次，又要注意性别关系。不同年龄、不同性别和不同社会层次的人，具有不同的消息心理。但某些时候商品的使用对象并非就是销售对象，例如以儿童为使用对象的商品，其销售对象往往是儿童的父母或隔代的祖辈。购买行为是否发生，关键看是否取悦于销售对象。

橱窗所处的环境不同，也应采用不同的设计手法。邻近橱窗的主体造型和整体色调，是设计者必须了解的。这样可以避免视觉上互相干扰与雷同。此外，还应该考虑是否能与商店的整体形象与色调相协调，要掌握好整体与局部、对比与统一的关系。既要避免风格形式的雷同，又要防止表面效果的过于刺激，缺乏统一性和完整性，而降低了橱窗的格调。

有时人们往往对商品本身并不感兴趣，注意和关心的是这一商品能给自己带来什么益处，是否值得购买和消费。构思时如果一味突出商品，展示商品，有时反而达不到预期的效果，而某些充满生活情趣的联想和幽默的喻示以及运用各种心理因素的构思创意，却更能激发消费者的购买热情。

三、橱窗的视觉传达

视觉传达是现代广告设计的一个基本理论，它包括目光捕捉（第一印象）、信息传递、印象留存三个部分。在橱窗展示中，需要运用视觉传达设计的原理，引起过往行人的注意，使之产生兴趣并乐于接受种种信息，留下清晰美好的记忆。

今天的商业网络繁华密集，各种商业橱窗千姿百态，人们摩肩接踵，匆匆而行。因此，橱窗设计必须具有强烈的视觉冲击力，以其鲜明独特与众不同的形式个性，引起消费者视觉兴奋并留下深刻印象，使消费者在瞬间从无意识的观望跃为有意识的注意。

橱窗设计的首要目标，应该是向人们进行迅速有效、正确无误的信息传递，并使之完成从感觉到知觉的转变。传达商品的信息，应掌握适度的信息量。在信息爆炸的现代社会里人们每天被大量的信息所包围，为了达到生理与心理的内在平衡，而往往拒绝接受过量信息，对不感兴趣或晦涩繁杂的事物视而不见、听而不闻。因此，橱窗设计者必须尽可能地追求道具形态大的态势以及简明扼要的图形和文字。色调倾向要明确，商品组织要合理，切忌盲目堆砌。设计者还必须珍惜橱窗设计中宝贵的空间，以免商品形态在一大堆杂乱的形态中被窒息。同时，视觉广告的信息传达也具有类似“频率”的性质。“高频率”的传达，其形态具有较强的节奏感，色彩对比强烈。“低频率”的传达，形态简洁明了，起伏平缓，色彩单一朴素。如果一直受“高频率”的刺激，会产生刺激过剩，使兴奋衰退，视觉迟钝，不利于消费者对商品信息的关注和记忆。国外某机构曾有这样一个调查：一个人每天从早上睁开眼睛到晚上睡觉，要接触到各种商业信息最少 800 个左右，最多时达 1500 个左右，其记忆率是：能记住的信息大约只有 15—20 个，而这 15—20 个中诉求单一的信息占大多数。可见诉求单一对各类广告的重要性。因此，设计者必须掌握适度的信息量和掌握传达信息的主题，尽可能以少胜多，切忌盲目堆砌；另一方面掌握好信息传递的“频率”，关注你设计的橱窗环境，使周围的设计成为你自己橱窗设计语言的陪衬，从而收到事半功倍的效果。

信息传达还要安排好合理的视觉流程，与人的视觉生理因素相协调。例如视平线上下10度为最佳视区，30度以内为有效视区；人的目光扫描习惯是从左到右，从上到下；人眼对左上象限的观察优于右上象限，右上优于右下，右下最差等等。橱窗是一个较大的立体空间，人们在马路对面、马路上和靠近橱窗玻璃这三个位置上观看，由于视点、视线、视角的不同，出现了不同的最佳视区。如果巧妙地利用这一变化，会产生很好的传达效果。例如一个离地80厘米，高3米的手表橱窗，设计者把鲜明色块安排在橱窗上部有效视区之外，把文字、图片安排在有效视区之内，而把商品安排在最佳视区之中。这样，人们从远处观看鲜明的色块将有吸引力，而到近处观看商品时又不受它的干扰，这种限位、导向设计，使观者把注意力集中在细小精致的手表上。在视觉流程的设计中，橱窗中心的建立也是具有决定意义的。趣味中心不是自然形成的，而是设计者苦心经营之举。设计者如能巧妙地利用某些因素，建立起唯一的而不是纷繁复杂的，牢固的而不是捉摸不定的趣味中心，那么橱窗的视觉流程就有了一个明确的开端，然后根据设计者意图把橱窗中的文字、图形、商品等成片成块地安排在恰当的位置，使商品信息有条不紊地展示在消费者的面前。

当一个橱窗广告吸引了消费者的视线，并正确传递了商品的各种信息，是否可以说此时已经引起了顾客的购买欲望呢，显然是不能肯定的。要想方设法让顾客消费购物，这才是商业橱窗的关键所在。所以，橱窗广告的设计应能给人以良好印象留存。一些充满生活情趣、富有联想、以及运用各种心理因素的构思创意，如好奇心理、爱美心理、逆反心理等等，更容易激发消费者的购买热情。

橱窗设计中，适当应用广告语言，能加强人们对商品的印象，促进消费者的购买行为。因为橱窗广告所处的宣传环境不同，不能像报纸、杂志那样有较多篇幅的文字，一般只出现简短的标题式（或称口号式）的广告语句。在撰写广告文字时，首先要考虑与整个设计定位以及表现手法保持一致性，同时要语句生动、富有新意，既能唤起人们的兴趣，又要易于朗读、易于记忆。此外，语句的含蓄、机智、幽默，也能博得人们的好感，如随心所“浴”、地“酒”天长、默默无“蚊”等等。

四、橱窗的商品陈列

商品陈列成功与否对于整个橱窗广告来说非常关键，具有举足轻重的作用。现代橱窗广告十分重视商品陈列所给人的精神感染力。富有魅力的商品陈列，对于商品的推销具有强大的影响。

（一）商品陈列的方法

1. 特写陈列：在橱窗内用特写的方法，可以形成鲜明强烈的视觉冲击力，能把商品的形象、质量、特点突出地展示出来。特写陈列为了重点推销某种商品，橱窗内只摆放某一种商品，并用放大的照片或放大的模型，甚至取商品的某一局部进行放大陈列，使消费者对该商品产生极为深刻的印象。例如手表橱窗，由于手表本身体积较小，单独用实物陈列，不仅用量大，并且不易突出，如果采用放大的手表模型作为陈列的主体，手表的形象就十分醒目突出，即使消费者距离橱窗较远，也能引起人们的注目，收到理想的效果。

2. 专题陈列：即根据一个专题的需要进行陈列的方法，可以把各种不同的商品，通过一个专题，进行有机合理的组合。例如旅行专题，可以把许多与之有关的商品，像旅行包、旅行箱、折叠行李车、旅游鞋、太阳镜、遮阳帽、毛巾、牙膏、香皂等等组合在一起陈列。还可以把电视机、影碟机、功放、主音箱、环绕音箱以及碟片等放在一起组成“家庭影院”专题。

3. 系列陈列：就是把一个厂家生产的系列商品集中在一个橱窗内，突出展示商品的品牌，给消费者一个全面、完整的印象，例如芭蕾洗面奶、洁面霜、敷面膏、面膜、养颜露、美容液等系列产品。

4. 分类陈列：根据商品的性能特点进行分类陈列。同质不同类的商品，例如塑料杯、塑料盆、塑料壶、塑料盒、塑料衣架、塑料凳等，虽然种类繁多，但都是同一质地的塑料制品；其次是同类不同质的商品，如木碗、搪瓷碗、铝碗、不锈钢碗、塑料碗等，是用不同材料制成的；再就是同质同类商品，如牛皮鞋，虽然用料相同，但款式花纹很多，有方头、圆头、高跟、低跟等等。

5. 综合陈列：将不同质料、不同类别和不同用途的商品，布置在一个橱窗里，以显示丰富多彩的陈列方法。多用于节日、开业的橱窗陈列。综合陈列在设计时要主次分明、层次合理，避免杂乱无章。

（二）商品陈列的形式

1. 堆码陈列：是一种简便的陈列形式，具有饱满丰富，以多取胜的特点。有不少商品，自身具有较高的稳定性，例如以方体和圆柱体为造型的商品，可以根据橱窗的整体要求，在设计好的台柱或橱窗底台上，进行堆码陈列。堆码陈列虽然简便，但要布置得好，需在位置经营方面多下功夫。

2. 壁面陈列：是在道具的垂直面或斜面上进行的。适宜于陈列服装、绒线、领带、围巾等不便于直立放置的柔软商品，以及眼镜、手表、工具等体量感较小的商品，还便于图片、照片的陈列。陈列用具一般为板面、金属网架、木栏架等。

3. 悬吊陈列：以绳索为中心的空间陈列，可以根据商品功能与设计意图随意发挥，能减少不必要的台柱和支架，多用于橱窗空间的高、中部位，既可以弥补台柱高度上的不足，又能分割、充实空间，动感强，气氛活跃，组合自由。但不适宜体积太大或太重的商品，否则会给消费者心理造成不安全的感觉，悬吊的绳索要注意隐蔽性，以免影响视觉效果。

4. 座架陈列：是把商品陈列在道具的水平面上，立体感较强，适用性广泛，能随着座架种类的变化而变化。陈列用具有搁板、网板、丁字架、木竖架、金属竖架、模特支架等等。

第三章　橱窗设计的色彩应用

一、色彩的作用

色彩和橱窗设计有着密不可分的关系。没有色彩的世界是单调而乏味的。色彩能产生愉悦的心理，因为色彩可以给人们提供更丰富、更真实、更多样的信息，而且可以作用于人的心理和情绪。面对橱窗内不同的色彩，人的视觉会因受其影响而对商品的质地产生不同的感觉。如：牛仔系列服装深受消费者喜爱，在展示陈列过程中，若放在浅蓝色的背景前，会觉得质地柔细；若放在赤褐色的背景前，则表现出粗糙的织纹和粗犷的特征。

成功的色彩设计，能在橱窗展示中发挥特殊的作用，主要表现在：

（一）优化商品的视觉效果。通过色彩的对比，加强商品与背景之间的反衬关系，让消费者获得良好的视觉效果与心理感受。

（二）好的色彩设计具有视觉上的诱惑力和导向性。橱窗中的主题色彩，例如企业标志色的普遍使用，起到了良好的指示性与诱导性作用。著名的柯达公司，分布在世界各地的广告，都离不开红、黄两色基调的色彩战略，使顾客在众多的商业广告中，清楚地识别它的存在。这种色彩的识别作用在现代商业竞争中是十分重要的。

（三）强化特定的视觉心理、情绪及特别的展示情趣与氛围。我们可以从其他的展示设计中得到启示，例如，暖色调的展览会交易厅，突出了热烈的交易气氛，反映着人们高效率地追逐需求。海洋博物馆的蓝色基调净化了人们的心理，深邃的色彩把人们带入了那神秘的海底世界。快餐店与儿童玩具店同样在设计上倾向于暖色调，但它们有着功能上的根本不同，前者倾向于情趣和节奏感，而后者则着重于视觉冲击和想象力的发挥。因而不同的色彩设计强化了不同的环境特征和人的情趣特征。

（四）美化和审美的功能。赏心悦目的色彩，统一和谐的色彩基调，富有韵律、节奏感的色彩组合，具有美化橱窗和环境的功能，使消费者在得到商品信息的同时，体验到购物环境的优美。

此外，色彩具有一定的调节性作用，主要体现在橱窗展示的空间感和温度感的处理方面。色彩的明度、纯度和色相的巧妙组合，可以加强展示空间的距离感，并产生不同的冷暖心理氛围。

二、色彩的性格特征及象征意义

前面讲过，消费者在购物时，由于存在年龄、性别、性格、职业、文化素质的差异，而对橱窗展示的色彩有不同的认识。如年轻人一般喜欢明快、对比强、纯度高或温柔浪漫的色彩基调；老年人则喜欢深沉、含蓄、和谐、对比柔和的色彩基调。因为每一个人在日常生活中都积累了丰富的色彩经验，不同的时间和地点，人们对色彩的心理感受当然也就不同。

我们来看看各种色彩的性格特征及其象征意义。

红色：最具刺激性，视觉效果强烈。它象征活力、热情、吉庆、爱情，使人想到火焰、太阳、燥热甚至愤怒。红色是中国人偏爱的吉庆色彩，常用在逢年过节的橱窗展示中，国外的许多节日，如情人节、圣诞节等也多以红色调来表达吉庆气氛。红色的膨胀性特征，在橱窗展示中能起到非凡的作用，能够吸引行人的视线和注意力，从而突出橱窗广告的效果。

蓝色：从明度上可分为深色的海蓝和亮丽的天蓝。蓝色被认为是男性的色彩。在炎热的夏季，它可以造成一种宁静的氛围，给人以清凉舒爽的感觉，以蓝色和白色陈列电器产品和夏令商品，会有清新愉快之感。

黄色：是透明效果最强的色彩，代表着愉快、希望和发展。橱窗设计中光照较弱的地方，宜采用黄色。黄色虽然在视觉上令人兴奋，但过度使用会刺激视觉神经，令人疲劳。季节性较强的橱窗设计，例如秋季羊绒衫展示以及活泼的儿童商品橱窗展示，多采用黄色的基调。以黄色为主调的商品展示，在橱窗的背景等部位衬以金黄色调，既能营造出热烈的气氛，又能产生和谐统一的视觉效果。

橙色：象征阳光，有热情温暖的倾向，具有极强的穿透力，橱窗设计中，橙色的使用要适当。因为它的色彩强度大，不宜与其他色彩相调和，夏装或海滩用品的橱窗展示，可用橙色衬托以增加动感。

绿色：使人想到草原，象征着和平、健康和安宁，有轻松柔和的感觉，使人的精神得到放松。绿色又是春天的代表，比较适宜春季商品橱窗的应用。

紫色：代表高贵、神秘、优雅和庄重。在西方，紫色曾经是皇室所专用，成了贵族的象征，它也具有宁静甚至戏剧化的感觉，为达到特殊效果，橱窗设计中也可适当采用紫色加以渲染。

以上色彩为有色系色彩。无色系色彩有：

白色：象征清洁、纯洁、优雅、高尚。白色使人联想到雪山和白云，有祥和的意义。设计时配以红色或黑色、绿色，会产生浪漫而温情的感受。

黑色：静穆、庄重、深沉，是有强烈收缩性的色彩，具有调和统一色调的作用。橱窗设计中经常应用黑色，以营造展示空间的深度。陈列金银、钻石或玻璃器皿，配以灯光照射，既突出了橱窗的主体，又表现了商品的价值和质量。

金色：富贵而华丽，与红色搭配有强烈的吉庆喻意，亦有温暖的氛围。

银色：高贵、纯真而冷默，作为主体色调易产生悠远、梦幻的感觉。

三、色调的应用

单一色彩的背景在橱窗中的效果是整体统一的。但这种方法只是众多陈列效果中的一种形式，利用不同的色彩组合及不同的明度、纯度关系，相互交错搭配使用，就形成了色调。色调是展示气氛的关键，不同的色调，决定了人们不同的心理感受，也体现了不同商品的使用功能及特征。如夏季泳装的橱窗设计，用暖色调陈列极具煽动性和诱导功能，人们的情绪易受到色彩的感染，而诱发人们的购买欲望；用冷色调则平静而祥和，具有一定的亲和力，让消费者自然地接受商家的促销方式。

色调的划分主要依据色彩的冷暖关系及对比强度，或视觉感受及心理效果，现列举几种主要色调来做分析。

暖色调有温暖、热烈的感觉，有利于烘托气氛，调动人们的积极性。节日的橱窗展示采用暖色调使节日气氛更加热烈。寒冷的冬季用暖色调来设计，有家的温暖和亲人关切的感受，更贴近消费者的内心世界。

冷色调沉静而宽厚，有深邃与神秘感。冷色调给人以自信和沉着，特别是夏季有一种凉爽的感觉。同时冷色调的橱窗具有收缩性。仿佛使喧闹的街市与安静的店堂截然分开，形成良好的购物环境，消费者漫步其中，悠闲而自然。

长调即色彩的纯度对比弱，明度对比反差小，因而节奏较慢，形成深远而悠长的意境。长调的色彩效果易表现怀旧的橱窗设计，例如，年代久远的酒类展示，采用长调的色调，能烘托出酒的纯度及与之对应的酒文化背景。

短调与长调相比对比节奏快，形成鲜明的跳跃性特征。短调具有较强的现代感，视觉冲击力强。儿童或青年人及运动类用品的橱窗设计，采用短调处理，能突出丰富的个性特征，处处充满了动感。

介于冷暖调和长短调之间的是中性色调，它在感觉上是柔和的，易形成调和的心理氛围。中性色调在某种程度上迎合了现代人的审美心理，柔和的色调缓解了紧张工作后的疲劳，把轻松自然的气息融进了人们的生活。

四、色彩的错视

色彩可以对人的视觉造成直接的刺激，从而产生情绪变化，甚至间接地影响到人们对物象的判断。消费者都倾向于去注意令人愉快的物象，忽略任何不被他们喜爱的东西。色彩就有这样一种冲击力，可以造成独特的视觉效果，以吸引消费者的注意。许多时候，这种效果的促成往往借用了色彩错视的原理。

产生色彩错视现象的条件，必须有比较对象，不论它在什么位置，肯定与主体色彩有某种关系，否则，单独存在的主体色彩是不会产生错视的。

人们都有这样一种视觉体验，长时间地注视一块红颜色，眼底会出现绿色的斑点，盯住黄色之后，当眼睛移看别的地方则会产生紫色斑。之所以产生这种现象，是由于眼睛的生理结构和视觉神经造成的，为了减轻或消除疲劳，视觉神经就会诱导出对比的颜色，这种现象，通常被称为“心理补色”，多发生在色相环上相对的位置。例如，红色背景中的橙色商品，人的视觉由于受到大面积背景上红色的刺激，而被大面积红色包围的橙色商品，会往红色的心理补色，即青绿色的方向移动，而感到略带黄色；而被黄色所包围的橙色，会使人感到向黄色的心理补色即青紫色的方向移动，而略带红色。

因纯度对比而产生的错视，设计中经常会遇到。例如，把一块绿色放在更高纯度的绿色背景上，就会发现这块绿色比原来的纯度要低一些，而把背景换成低纯度的绿色时，这块绿色又会比原来的纯度要高一些，等等。

色彩感知的差异能造成色彩面积不等的错视。例如，两块面积相同，而色彩不同的卡片，一块为红色一块为蓝色并置在一起，我们会感觉红卡片比蓝卡片面积稍大一些，这是因为暖色系比冷色系更具膨胀性。同样，我们把卡片换成白色和黑色就会发现白色的面积显得比黑色大，但重量感却不及黑色。

由此可见，我们在设计色彩的时候，只要用小面积的暖色就可与大面积的冷色取得均衡的效果，而用小面积的黑色就可取得与大面积的白色相同的重量感，例如，电视机的屏幕，同样一台电视机，在荧光屏外加一个厚边框会显得屏幕小，而用小的边框，则显得屏幕大了许多，这就迎合了消费者少花钱却买到了“大”荧屏电视的想法。

利用色彩错视还可营造不同的虚拟空间环境，创造具有想象力的心理氛围。如蓝色的背景辅以暗弱的灯光照明，以道具模拟海洋的生物形象就可在无水环境中创造出神秘莫测的海底生活图景。以白色背景借用部分暖色道具，可以营造冬日漫漫的雪的场景，有些类似于中国画中“借底为雪”的创作方法。

错视在色彩设计中有着十分重要的作用，合理的搭配会使橱窗展示收到意想不到、事半功倍的效果，同样也可丰富色彩设计的手法。

五、橱窗色彩设计

橱窗色彩由商品、道具、灯光、背景、图片文字组成。商品色是橱窗广告的主题色，其他诸如道具、灯光、背景等环境色是为商品色服务的。商品色是客观存在的，它虽然可供设计者选择，但选择的余地极其有限，环境色却有广阔的天地，既能突出商品的主题色彩，又能烘托出整个橱窗的色彩气氛。

橱窗色彩首先要根据商品的色彩来设计，即橱窗内的环境色紧紧围绕着商品这一主题色进行，色彩的应用与商品色的配合要处理得当。为达到突出和显示商品色彩的目的，橱窗色彩设计可运用对比关系，如冷暖对比、明度对比、纯度对比等等，使环境色彩与商品色彩有所区别。

冷暖对比，例如富士胶卷橱窗，由于富士胶卷的主色调是绿色，用红色来衬托商品的绿色，使商品色彩和环境色彩产生冷暖对比，效果鲜明夺目，很容易把顾客的视线吸引到商品上面来。又如橙色的运动服装橱窗，用紫色块来烘托商品的橙色，不仅视觉冲击力强，而且产生动感，体现运动服装的特征。

明度对比，例如熊猫牌电子产品，其色彩大部分为黑色，用亮丽的高调加以陪衬；如果色彩明度高的商品，用深色的低调来衬托等等。

纯度对比，例如鲜艳的裙装橱窗，为了使商品更加突出，其背景需要清雅的色彩；反之，纯度弱的小商品橱窗，应给予鲜艳丰富的色彩加以充实。

橱窗色彩也有很多设计成统一甚至调和色调的，但必须设置追光灯照射。灯光的色彩可以和橱窗的整体色调相同，也可以相异。从某种意义上说，灯光的色彩和照度均与橱窗内原来的色彩与照度产生了对比。

橱窗色彩也可以根据商品的功能来设计。冷色系色彩给人以清凉感和宁静感，夏季空调器橱窗如果使用冷色，可以使消费者联想到商品的制冷功能；暖色系色彩象征温暖感，如果用于冬季时装橱窗，能让消费者联想到商品的保暖作用。

设计者要善于运用色彩不同的感情特征，满足消费者不同的需求，就是说橱窗色彩设计要适合消费者的心理。前面我们谈到，因性别、年龄、文化层次等差异，消费者对色彩有不同的审美要求。例如，女性化妆品橱窗多用各种淡雅高调的色彩，像粉红、淡玫瑰，再加少许金银等色，显示女性的温柔妩媚；男性化妆品以黑、灰、深蓝等色彩，强调其庄重、洒脱；儿童喜欢对比强烈的色彩，儿童用品橱窗一般采用明朗、鲜艳、纯度高的色块组合，迎合儿童活泼、单纯的心理特征；老年用品橱窗色彩则反之。

流行色对橱窗色彩特别是时令服装的橱窗色彩有很大影响。消费者对色彩的爱好，往往随着时间的变化和审美兴趣的转移而不断改变，新异的目标是时髦心理追求的对象，在色彩方面的表现就是对流行色的追求。要满足消费者特别是年轻消费者追求时髦的心理，橱窗设计者不可忽略流行色这个因素。

此外，设计者还应根据季节变化来设计橱窗色彩，不同的色彩象征着不同的季节，给消费者的心理感受也是不同的。例如，冬末季节，将春季时装橱窗设计成淡绿色调，有一种春天来到的效果，可以给消费者身临其境的心理感受。

第四章　照明设计

一、照明的作用

橱窗照明的作用主要有以下几种：

（一）增加商品的色彩与质感。暖色调的光源照射在暖色调的商品上可增加其色彩的饱和度，贵重的金银手饰与精美细巧的工艺品、玻璃器皿等通过理想的光线照射增加反光度，可显示材料的美感及加工工艺的细巧、精致。

（二）精巧的光束设计可增加商品与背景之间的空间感，色光更可以烘托出各种理想的气氛，达到预想的设计效果。

（三）更加吸引顾客的注意力。面对琳琅满目的商品，通过照明充分体现不同商品的不同特性、材料及色彩效果，利用有效的色光增加橱窗展示空间的特殊氛围来吸引购买者的注意力是必要的。

（四）有效的照明可增加商品的亲和力。经色光灯照射产生出的柔和感，并配合空间的实体感受，引发购买者对商品的亲和力，从而诱发消费者购买的动机和欲望。

（五）成功的照明设计，使顾客通过视觉感受，自然而然地接受商家的经营策略和销售方式。

二、光的分类

作为橱窗的照明光源，主要有自然光和人造光两大类，又以人造光为主体。

自然光指日光及散射光（也称天光）。日光偏暖，照射强度高，照射的景物反差大，视觉强烈，但它受到时间和天气的严格制约，长时间照射会使橱窗内的物品变形、变色、变质而受到损坏。散射光偏冷，照射变化小且比较均匀。

橱窗照明主要采用人造光，依功能区分主要有以下 4 种：

（一）照明光

是橱窗的基本照明。即在橱窗的顶部均布灯光，一般以均匀的照度照亮展示的商品。在这种自上而下，平均照度的灯光下，商品的立体感、质感和色彩，大体上给人以良好的视觉感受，能够清楚地看到陈列的商品。

（二）形象光

主要指局部照明。意在突出商品独特的色彩、材质或功能，显现商品的价值等等。以局部的照明将商品的形象或企业的形象生动地呈现在顾客的眼前，以吸引视线，感染情绪，打动人心，进而起到促销的作用。

局部照明设计，一要找准商品形象的个性化特征，二要用好光色语言，例如选用何种灯光，采用何种照射方式，色彩、色温、照度作何处理等等。

（三）气氛光

橱窗应该给人一定的，有益于展示效果的气氛感受，这种感受可以通过气氛照明的方法来体现。

气氛光的设计需要特殊的照明组合，或特殊的彩色光源，也可以借鉴舞台美术与舞台照明的某些手法，以达到设计的效果和目的。

（四）导向光

顾名思义是引导视线的照明。成功的导向光设计具有暗示作用，使消费者驻足观望，将目光集中在橱窗的某个部位，而得到所传达的信息。

以上不同的光照可以烘托不同的橱窗展示气氛，但离开了照明的基本条件也实现不了预想的效果。

三、照明的方法

橱窗设计中商品的种类是繁多的，由于各类商品对照明的要求不同，需要在照明设计时将它们分门别类予以区别。现就商品的使用功能、色彩、材料或表面质地的特征分三种方法介绍如下：

（一）采用高照度

家电类商品是我们生活中接触最多的商品之一。品种繁多的家用电器产品在使用功能、造型色彩上都有差别，如何通过照明解决家电类商品陈列呢?

充分地利用基本照明，同时需要高照度对商品加以突出，因为家电类商品立体感强，同时细节变化微妙，因而需要高照度、无阴影、扩散性好的照明来加强其立体感，并展示其精细及其使用功能。

图书是人们精神生活的食粮，具有明确的分类特征，陈列的书架应充分利用垂直面照射，采用萤光灯全扩散性照明，书架内应无眩光，整体上下层应保持一致的照度，高的照度使消费者容易从众多图书中寻找到自己所需要的书籍。

（二）突出色彩

1. 服装的色彩是丰富和艳丽的。成功的照明设计既能表现服装色彩的个性化特征，也可以突出其质料的不同美感，因色彩纷繁，属于暖色调的服装宜用白炽灯泡或自然的日光灯配灯泡照明，产生自然色光衬托服装的光色美感。当然也可用气氛光来增加服装的展示效果，突出一定的环境特征和艺术氛围。

2. 化妆品宜采用隐蔽式照明，过分地暴露光源，会破坏自然的展示效果，使高档的化妆品陈列有杂乱之感，而采用萤光光源增加甜蜜的人情关爱成份，对提高化妆品高雅迷人的感受是很有作用的。

3. 花卉自然诱人的光泽与鲜艳的色彩，很大程度上取决于光源的作用，用色光灯给予适当的补光并附强照型反射灯或投光灯可增添花色光泽，但不能过分使用色光，因为它会使花卉有虚假的感觉，而将花卉的自然特征破坏得荡然无存。

（三）展示光泽和质地

1. 贵重的首饰、钟表、玻璃类透明商品的陈列，一要突出商品的价值，体现出技术美的特征；二要突出商品材质的美感。常采用投光灯的照明方法，或设置底光以突出局部照明。

在使用高照度的情况下应尽量避免眩光给人的视觉造成混乱，特别是玻璃类透明商品，眩光既破坏完整性，也反映不出加工工艺的美感特征。

2. 皮革类商品具有自然的材料特性，皮包、皮夹的色彩较为丰富，而鞋类多黑色与褐色，需用高照度的方法来突出商品的光泽和质感。

四、照明中要注意的问题

橱窗照明如果设计不当，极易造成强光的反射而产生眩光，刺激眼睛，令顾客眼花头晕，产生厌恶感而离去。一般情况下，橱窗内的照明灯光都是隐蔽式的，眩光的出现大多与陈列的商品、展台、展架的角度有关，特别是在橱窗内有镜面、不锈钢材料的情况下，很可能因为灯光的位置和照射角度不恰当，而出现眩光。如果在商品的上方设置了高照度的灯光（如聚光灯），其角度不应超过45度，小于45度仍有眩光，可在灯脚处装置遮光片，或用透明格栅，以控制光线的照射角度，这样不仅起到照明作用，也保护了顾客的眼睛。

有些商品，例如塑料制品、皮革制品、服装等等，在强烈灯光的长时间照射下，容易发生变形、变色现象，失去光泽，特别是蓝色服装褪色明显，食品、饮料不仅变色，还会变味，甚至变质，这就需要了解商品的耐热受光状况，根据具体情况适当调整灯光的照度，甚至改变照明方式。

照明灯具的通风散热，不但可以延长商品展示的时间，而且关系到用电的安全问题。易燃商品集中的橱窗和夏季高温时期，应特别注意照明灯光的通风与散热，不要让灯光直接照射在易燃物品上。日光灯灯管长、散热小，白炽灯、聚光灯或泛光灯的热量大，使用时要留出足够的空间，以便让空气流通、热量散发。

橱窗前面的玻璃，白天会受到日光、夜晚则易受到路灯或其它灯光的影响出现反射光，使顾客看不清楚橱窗内展示的商品。应采用适当的装置尽可能避免反射光进入顾客的视线，刺激眼睛，影响广告效果，力求使橱窗的照明取得昼夜一致的效果。

橱窗照明是一项技术性要求很高的手段，设计者需熟悉各方面的特征和要求，作出统一的安排，特别是应对不同季节、不同商品的照明要求，橱窗空间的照明条件以及顾客的消费心理作全面的了解，这样才能正确地选择照明语言。

第五章　展示道具与配件

不同的展示道具和配件传达给人的信息是不同的，巧妙地使用展示道具和配件，可以充实橱窗设计的细节，体现象征意义，从而突出展示的效果。

综观当今的橱窗展示设计，可谓异彩纷呈。各种流派和各种表现手法的相互借鉴和渗透，使人们很难分辨其表现的源流，不同流派及不同表现手法对展示效果的要求也直接影响到了道具和配件的使用。

一、道具的分类及其功能

道具依据它在橱窗设计中的作用及形象特征可分为两大类，即：自然道具和人工道具。一般说来，直接从自然界获取并用到陈列中的道具并不多，通常都要经过人工的整理与修耸。如果从形态上划分，则有规则有序的、抽象的或是生活器物类的。在此我们把它分成三大类：吊架（也可称展示结构的组成部分）、生活道具（生活中方便取用的器物）、抽象道具（为配合展示需要自己加工的不确定物体）。

吊架作为展示的道具不但配合展示效果，使陈列商品有空间的秩序感，更作为展示结构的组成部分而起到重要作用。如服装类橱窗，同一款式不同色彩的服装由吊架依序陈列，不仅在色彩上形成推移，吊架在结构上还起到分割的作用，产生间隔均匀的秩序美。另外以线的形式还添补了大面积无细节处理的结构方式。同时，吊架也可认为是生活道具，将它用于陈列也具有生活的气息。

作为其他的吊架，可以将商品陈列于空间中的任何一点，与照明相配合，解决了空间的穿插，具有层次感，容易使狭小的空间具有深度。

生活道具是橱窗展示活动中使用最频繁的。将日常使用的器物用于展示，容易与商品构成一定的生活空间，自然而贴切，并且不需要再次加工，也符合经济的原则。由生活道具构成的展示空间具有家庭氛围，有亲和力，容易接近消费者的心理感觉，是橱窗设计生活化的体现。如儿童玩具橱窗，将玩具固定在放大的风车上，结构上充满了动感，巨大的风车能引起小朋友的兴趣，不仅充分利用了展示的空间，更使展示的动物玩具具有调皮、有趣、天真烂漫的儿童特点，儿童们看到这副景象定会浮想联翩，乐不可支。另外，将身着泳装的模特置于盆栽植物所构成的虚拟自然空间之中，若隐若现，既自然真切又富有魅力。

抽象道具作为大面积的背景处理，可以弥补空间，增加展示气氛，取得不同反响的效果。

视幻图形是抽象道具中最常使用的，作为背景的视幻图形，可以增加空间的深度感，由于视觉的紧张而具有冲击力，引起消费者的注意。通常情况下，人的视线总是习惯地沿着一定的顺序游动，自左而右，自上而下，自前而后，自中心向四周扩散等，而视幻图形容易产生导向性，把人的视线引到展示的主体上。例如，国外有一个宝石店的橱窗，设计者在展示中采用似虫非虫的抽象物“杂乱”地在空间中组合，与陈列有序的细巧精美的小珠宝工艺品形成了鲜明对比。怪异的造型不仅与加工精细的工艺品形成巨大的反差，而且很容易引起过往行人的好奇心，驻足观看，以达到展示的目的。

不管使用何种道具，其目的都是为了增添橱窗设计的生活情趣，突出商品的特性和功能。使用道具，不能忘记商品是主体而喧宾夺主，道具只是衬托商品的展示手段，不能反复和重复使用相同的道具。

二、模特的配置与功能

模特在服饰橱窗中是重要的展示工具，它不仅是服装的展架，还应该是个性迥异、神态不同的“人物”。巧妙地加以利用，再辅以典型环境、气氛的烘托，灯光效果的演示，会感染顾客的情绪，激发顾客的想象，从而强化橱窗的广告效果。

橱窗中使用的模特主要有写实模特、单色模特、抽象模特等，各有自己独特的使用功能。

（一）写实模特

现代社会已进入信息化和个性化的时代，追逐新潮和强调个性的表现已成为当今的主流，个性美，已经远不是外在的，它更深刻，因而也更具魅力。通过衣饰着装，体现自己鲜明个性，已成为当代人的时尚追求。橱窗展示如何将时装个性化特征体现出来是一个重要的内容，写实模特具有清晰的形象，给人以亲近的感觉，能够被大多数消费者接受。

（二）单色模特

皮肤涂成白色、灰色或黑色的单色模特，与写实模特相比，气质上颇具个性。

时装个性化的发展并非针对每一个人单独而言，而是针对社会的某一特定消费层面，橱窗展示中，单色模特作为一种雕刻造型出现，可以较大范围地用于不同类别服装的展示，具有更大的机动性和灵活性，人们不必为服装色彩与模特的肤色搭配及发型特征、个性特点对着装的特殊要求而担心。

同时，单色模特制造成本较低，而使用范围较宽，更符合经济的原则。

（三）抽象模特

抽象模特是指将人的脸、手、脚等部位，进行提炼概括，塑成抽象的“形”。抽象模特具有泛义特征，包容量大，适用于个性展示，如展示女性长筒袜，只是以穿袜的腿的形象出现，含蓄而有诱惑力。以人的躯干部分展示衣料或内衣也有异曲同工之妙。

三、展示卡片设计

橱窗广告并非单纯的形象表达，在某些情况下需要作一定的文字说明，这种文字说明的卡片我们称之为展品卡。展品卡是信息传达活动的深入与发展，是目的和内容的有机体现。

好的展品卡设计，对扩大商品广告的影响，树立良好的公众形象，促进销售等等，均有明显的作用。

展品卡设计在外形上要符合展示商品的特定标准语言，造型与展示商品要力求统一协调，例如儿童玩具展品卡可以设计成与玩具相似的自由形，既可以突出儿童天真纯洁的个性特征，又能在信息上保持一种量的增加，容易使人加深印象。

展品卡的设计在某种程度上可以提高对商品价值的认知程度，得体大方的展品卡，有序严谨的产品内容介绍，良好的文字辨识性，使顾客对商家和厂家及商品产生信赖的心理。

几何形展品卡是橱窗展示中常见的，如三角形，一方面产生视觉上的稳定感，另一方面有明确的指向作用，能使展示商品同展示内容恰当地结合在一起。

展品卡作为小的色彩面积与整体橱窗展示设计也有密不可分的关系，小小的展品卡既调整了色彩面积上的对比，又可在造型上作一定的呼应。

展品卡的设置主要分吊挂式和折叠式两种，就构图而言又分为横式和竖式。

吊挂式展品卡可突出展示层次，增加橱窗的空间和动感，亦可作为商品形象设计中单一信息的重复再现，加强展示气氛，增加“广告”的宣传效应。吊挂式展品卡设置时要注意隐蔽，要用极细的尼龙丝吊挂在橱窗的顶棚上，粗的线绳会影响展示效果。

折叠式展品卡有律动美感，折叠的各面可增加视觉的观看朝向，有构成的变化，且稳定性较好，如果把商品的名称、标志或其他有关内容分别印在不同朝向的折叠面上，既丰富又富于变化，有意外的展示效果。

除以上各类展示用具及展品卡外，设计者亦可根据具体展示内容及氛围需要灵活掌握，但根本原则要坚持突出主体。道具为主体服务，经济而有实效，这样才是好的展示道具设计，才能为成功的橱窗设计添上和谐的一笔。

IEDEL

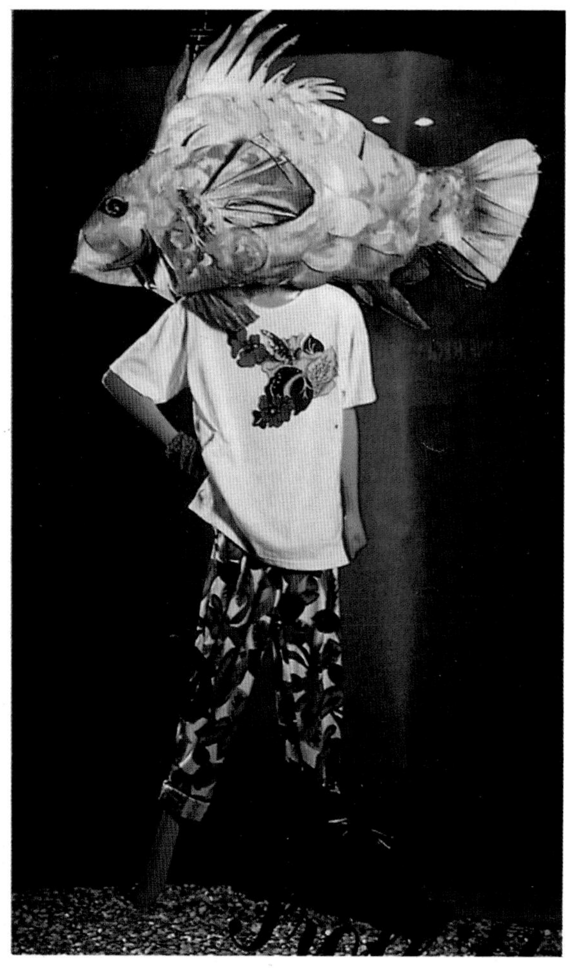

AND BLEND

Jean Charles de Castelbajac

CK
ON 5

ISCHKA ON 4

ON 4

GO SILK

DESSERT BOUTIQUE

OF SPRING
ON ONE
THE
OF SPRING
ON ONE

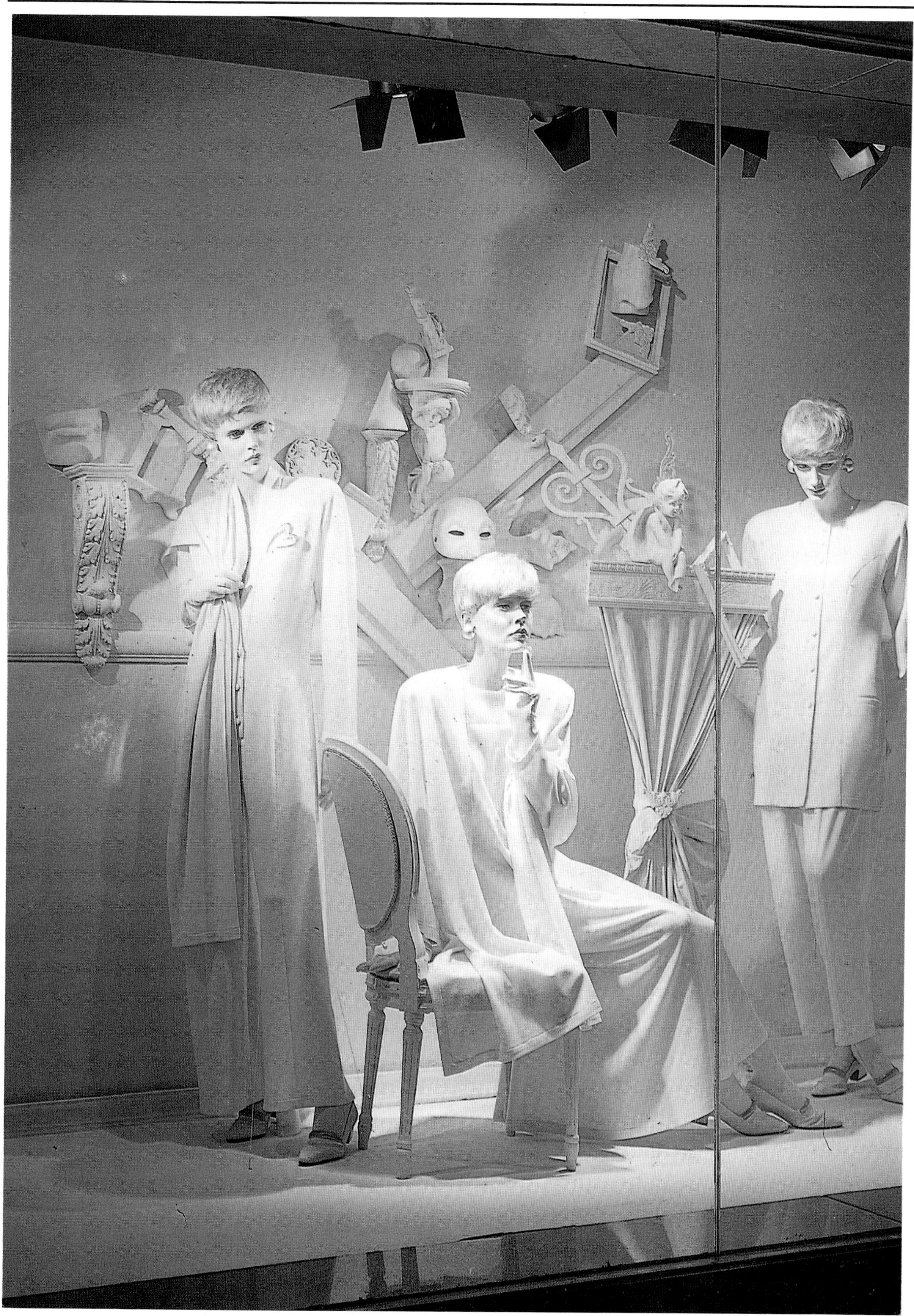

INDONESIA

wim Styles
or the Season
wim Shop on 3

TURNBULL & ASSER

SALE
CHARLES JOURDAN

SALE

SALE

davisons salute
light up

DS
C Y
DS

1992
OLO RALPH LAUREN

O.R. di Pri
a Portofino
4th – 5th May 1991

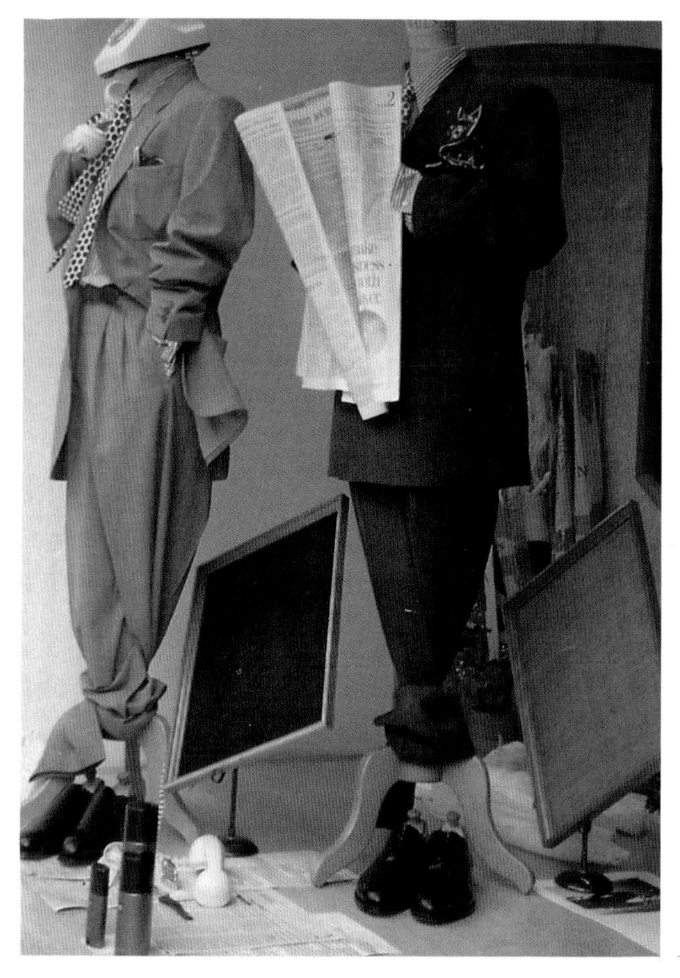

GEM SPA
ERSHOP
SMURFCITY
MENUDITI
ONE DOLLA CHECK EM OUT
TUBE TOPS!
INDIVIDUAL SALMON TUNA
AMERICAN EXPRESS
CARDS WELCOME

A-6b

MOO-SIC

MENS
womenswear

MOO-SIC

Unforgetable

PLAY ...
MIXED

S FRO
FURN

ARMA

Gabbana on 6

Bobby Jones on 2

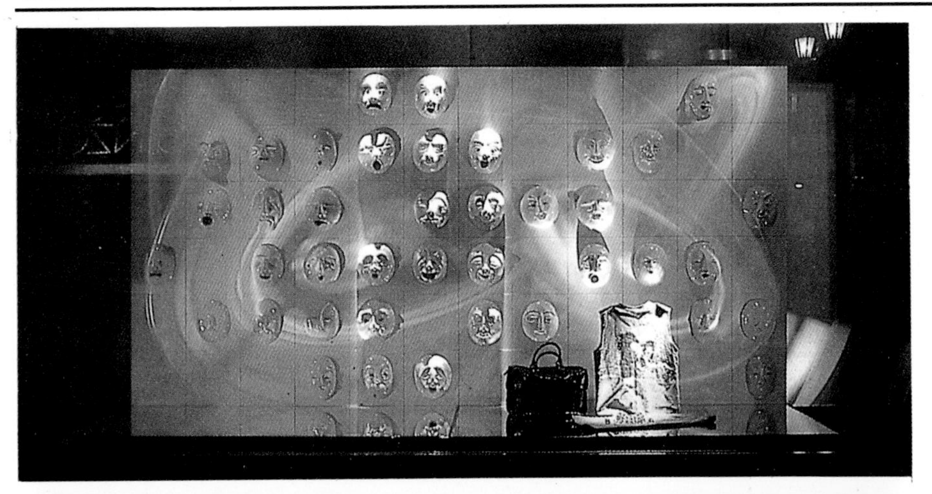

Kanebo GINZA CYGNUS

M COLLECTION

HANAE MORI

Campbell's
TOMATO
SOUP
Brillo
goes

ETRO
ETRO

PRIAMO

THE CAT
HAT
CAT
Don't let the cat out

J
O
S
A
B

Marc Jacobs for Perry Ellis on 2

ISAAC MIZRAHI
boulevard 4

por el

EATHER NORTH BEACH

laura
ashley

BEACH LEATHER

ANNE KLEIN

ANNE KLEIN

WEIRD IS RELATIVE
LITTLE SHOP DRESSES ON 3

RADIO FLYER
PRICE'S
CHOCOLATE PRETZELS

ROSSI
MONTE CARLO

KENZO
LIBERTY

JUNIORS
on
4
CONCEPTS
on
1½
JUNIORS
on
4

OSCAR DE LA RENTA

Montana

E-THRU
THE
LEG
SHOP

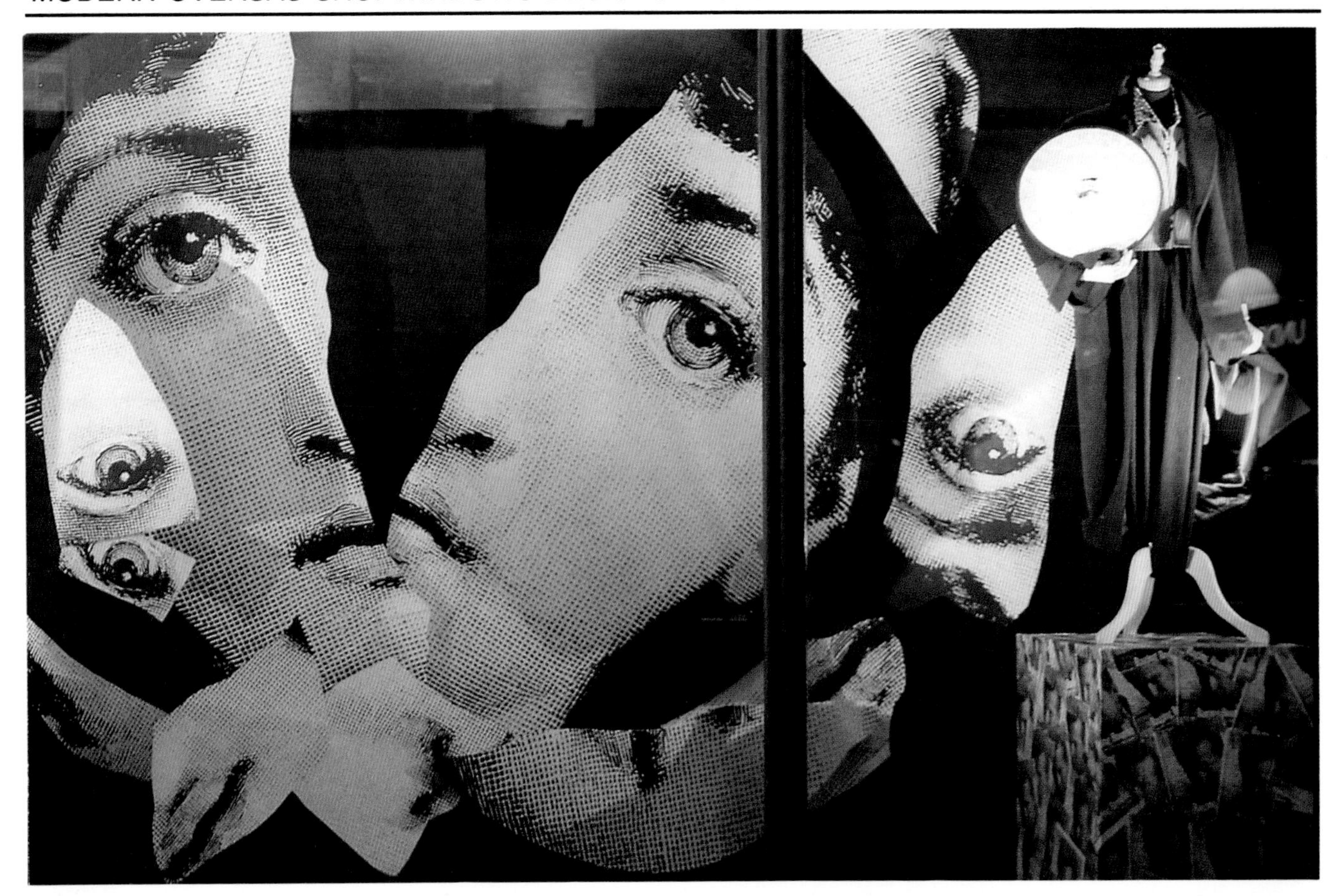

Barbad

MISS BERGDORF SHOES ON 5

MEN'S WARDROBE SALE
Men's Sportswear 1st and 2nd floor
Men's Suits 2nd floor

NEWS

THE OLD MAN

Signora

GUCCI

FINE ITALIAN LEATHERS

Ahead of Fashion: Hats of the 20th Century
Philadelphia Museum of Art
August 21st through November 27th
The Shoe Salon on 4

COLE·HAAN

AUGURI PAPÀ

JUNGLEMAN
FATHER'S DAY—JUNE 20TH

SHISEIDO

MERRY CHRISTMAS
資生堂

謹賀新年
SHISEIDO

Narcisse
Parfums Chloé Paris

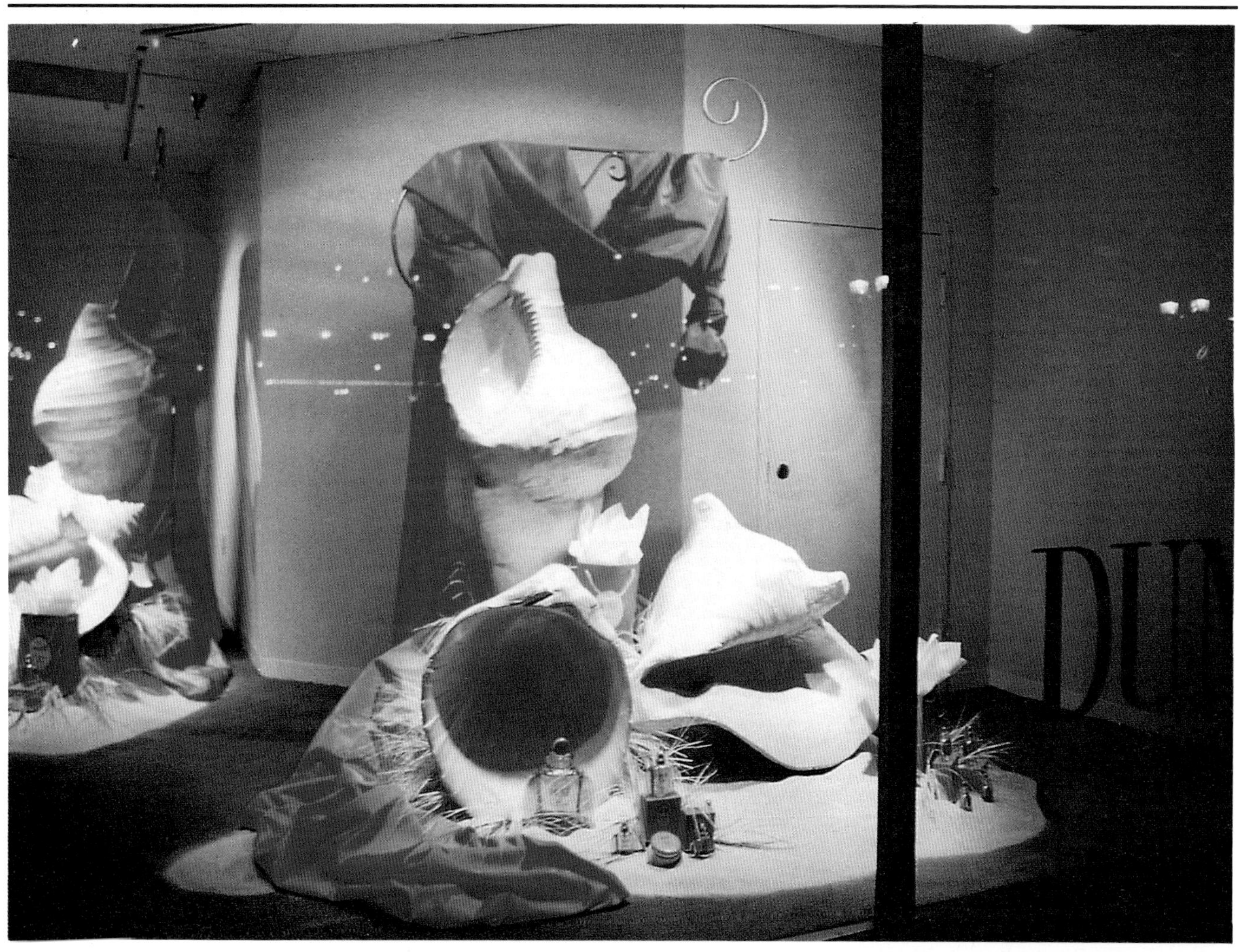
DUN

RED

Merry
Christmas

め組のひと
資生堂サンフレア

MY HEART BELONGS TO
STRAWBRIDGE & CLOTHIER
Celebrate Valentine's Day.
February 14. 1994

Holiday
SLEEPING

fort

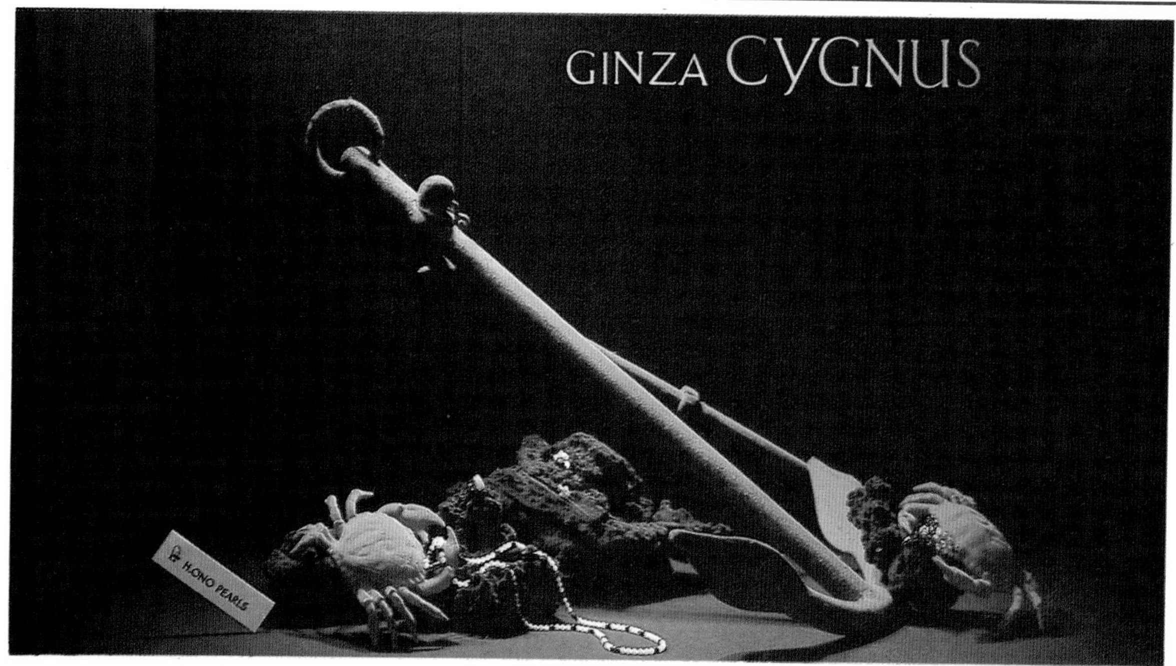
GINZA CYGNUS
H.ONO PEARLS

GINZA CYGNUS

LAURA
ASHLEY
SALE
LONDON · PARIS

Easter Parade
Celebrating 125 Years 1868-1993

FISH 'N TIME

BEATRIX POTTER
RABBIT
THE ART
1992
10, 1993

AND
KISSES
SWEET
EXPRESSIONS

春、
プレイボール

ESTĒE
'round, a rotating

DAZZLE
ME!
COGNITION
FECUNDITY
STYLE

IN THE FOREST

SUMMER-It's A Wonderful

Bridal Bazaar
1994
Saturday, February 19, 10 a.m. to 4 p.m.

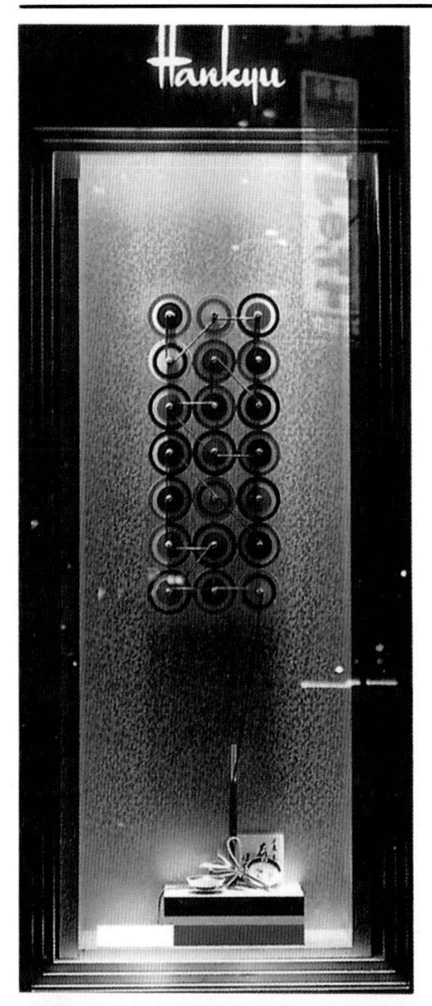
Hankyu

Hankyu

Hankyu

Aynsley

YIPPIEI-AY

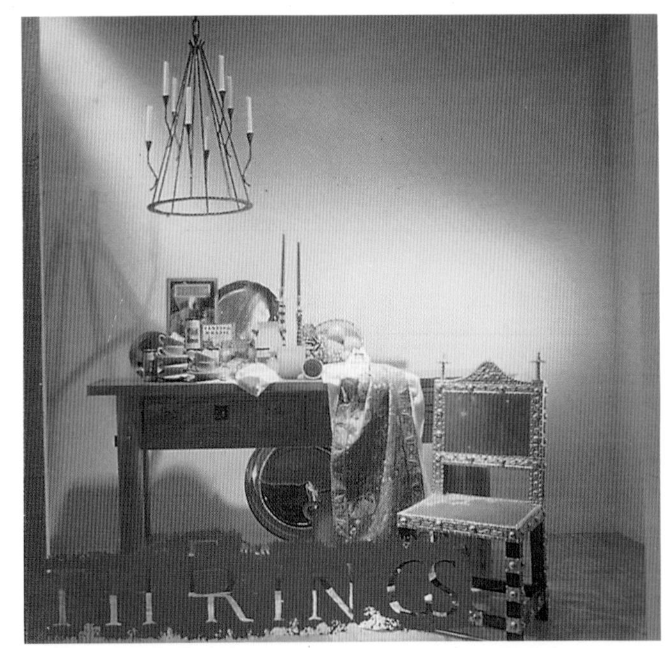

e President s' wives had their say,
w do it your way.

COTTAGE STYLE

Ravinia
Ravinia
Ravinia
Ravinia

BRIDAL BAZA
1 9 9
Saturday, February
10 a.m. to 4 p.m
ZCMI Salt Lake Downtown
Visit our new China, Silver, Glass
Departments on the First Floor
Northeast corner below the new

PER
VINGS
LE
ON
PER
VINGS
LE

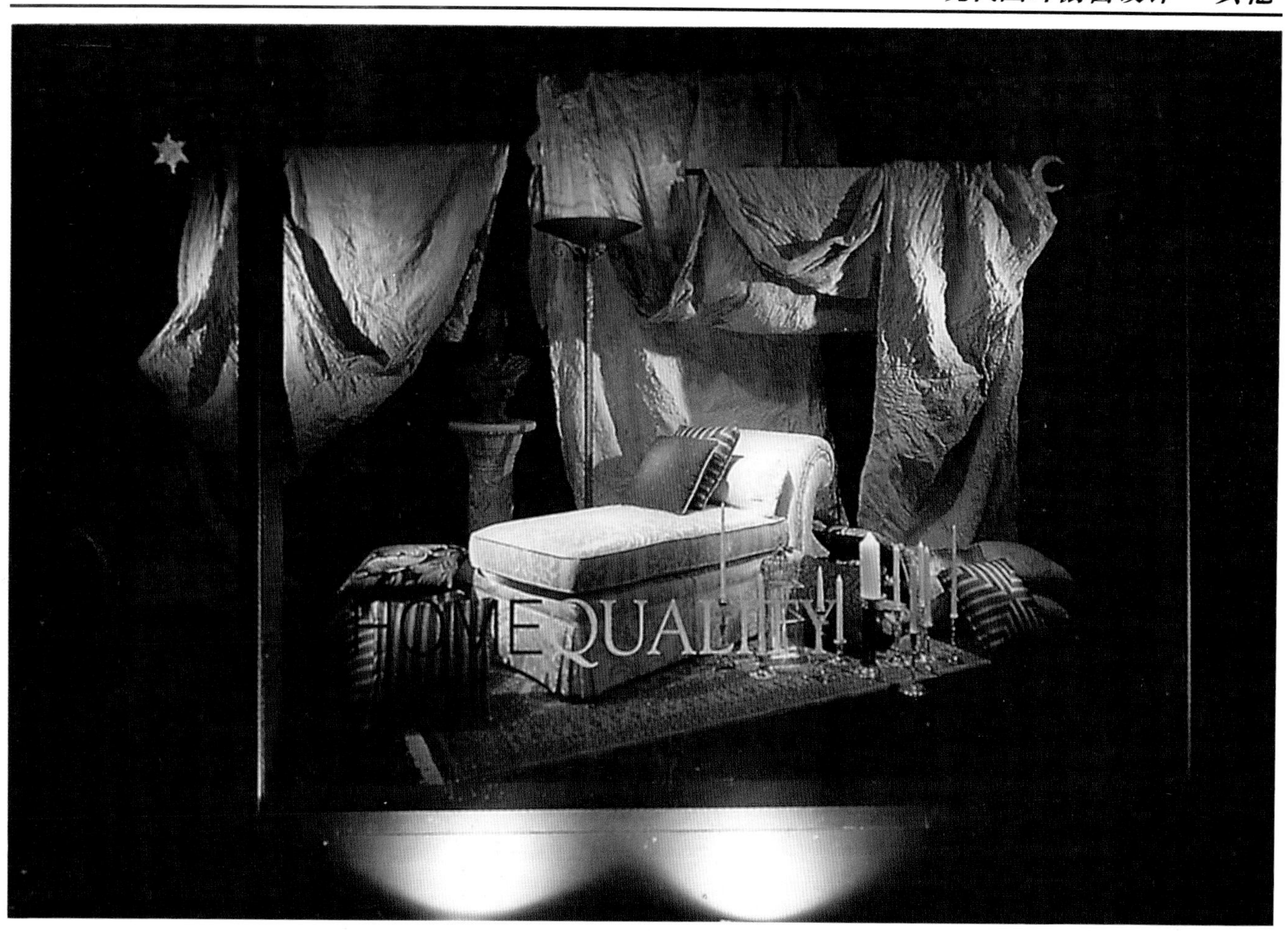
HOME QUALITY

ON 7

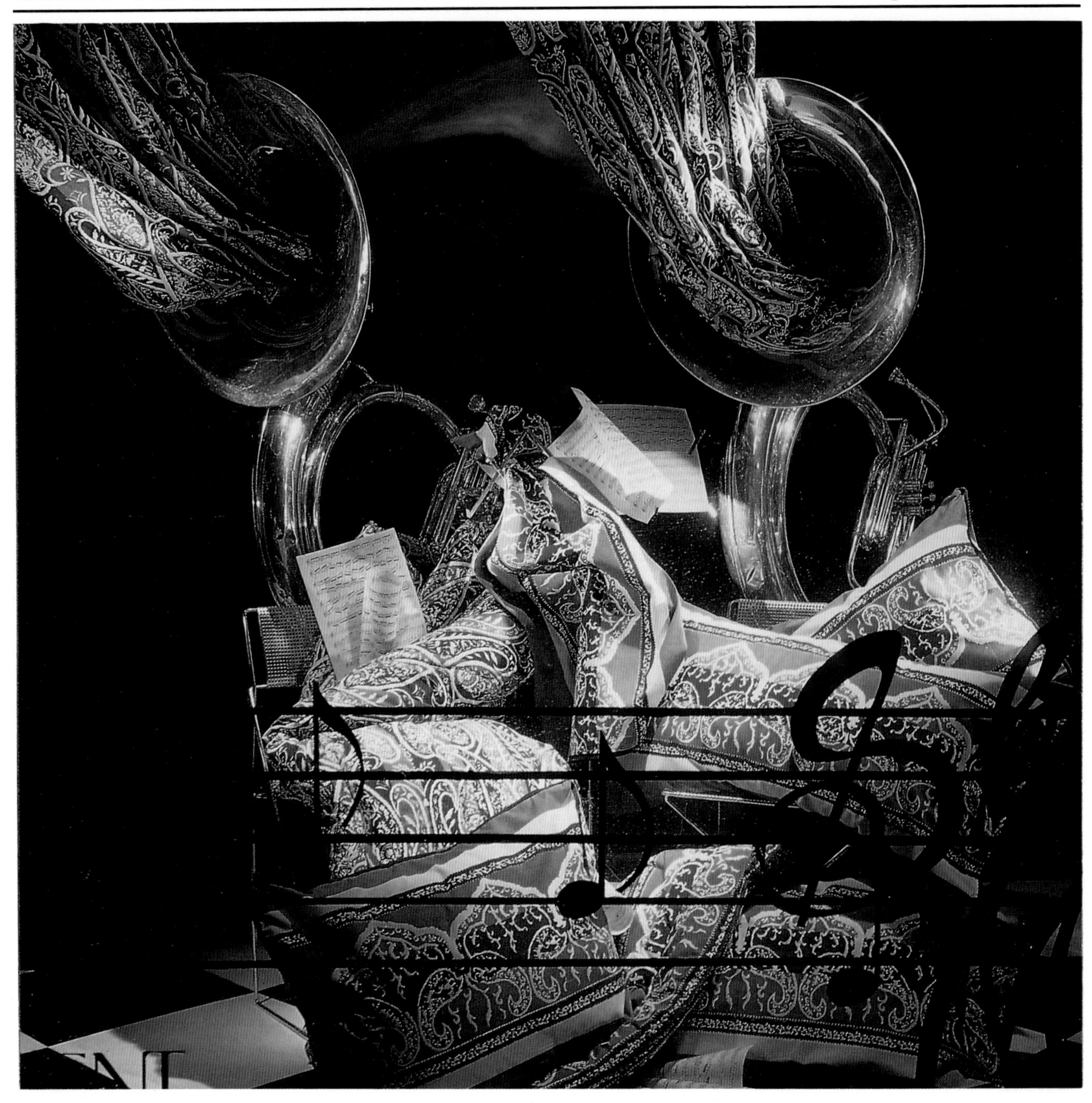